シンリ・トウドウ
——『秩序』
アレックス・ショー
——『??』
ハル・フロスト
——『正義』
ディルク・ヘルブランディ
——『分析』
ヴィランズの王冠
——あらゆる悪がひれ伏す異能——

エイスケは障壁越しに
拳と拳をハルと合わせる。
「負けるなよ」
「そっちこそ」

Villain's Crown
-The Ability That All Evils Bow Down-

Villain's Crown

-The Ability That All Evils Bow Down-

台東クロウ Taito crow
絵＝タケバヤシ Takebayashi
Villain's Crown
-The Ability That All Evils Bow Down-
ヴィランズの王冠
——あらゆる悪がひれ伏す異能——

口絵・本文イラスト
タケバヤシ

装丁
coil

CONTENTS

Villain's Crown

-The Ability That All Evils Bow Down-

本書は、２０２２年カクヨムで実施された
「『戦うイケメン』中編コンテスト」で優秀賞を受賞した「この街に英雄は
いない～悪役が暴れまわる街で『正義』の悪役が無双する～」を加筆修正
したものです。

プロローグ

本日、エイスケ・オガタにとって不運な出来事は三つあった。

一つ目。安全だからと言われて気軽に引き受けたペット探しが、実は地下闘技場から逃げ出したモンスターを捕まえる仕事だったこと。エイスケは何かの間違いじゃないか確認するため、依頼人に問うた。

「えっと、ペットのクロエちゃんを探してほしいって依頼だと聞いて来たんだけど?」

「そうなのよう。クロエちゃん、世話係にちょっとじゃれついて逃げちゃってねえ」

エイスケたちは地下闘技場の特別観客席にいた。ガラス越しに見える眼下の景色《けしき》には、注射器でドーピングした闘技者とモンスターが戦っている姿が見える。『凶獣』と呼ばれるこのモンスターは獰猛《どうもう》なことで知られる。断じてペット探しのような可愛《かわい》らしい依頼のターゲットになってよい生物ではない。巨大な犬のようなフォルムをした凶獣が勝ち、倒れている闘技者にむしゃむしゃと噛《か》みつき始めたのを見てエイスケは震えた。

「もしかしてクロエちゃんもあんな感じ?」

「まさかあ。もっと可愛《かわい》いわよ」

エイスケと依頼人が座っている席の間には曇った仕切りが置かれており、依頼人の顔は見られない。シルエットと低い声からして男なのは間違いないだろう。顔を隠すのは裏の仕事では良くある配慮なので、エイスケは特に気にしなかった。が、それはそれとして、凶獣を可愛いとのたまうこの男の顔は拝んでみたい。

仕切りの下の隙間《すきま》から、クロエちゃんの写真が受け渡された。

写真を一目見てエイスケは卒倒しそうになった。

一見すると四足獣のようだがよく見ると手足が八本、大きく開いた感情の見えない瞳《ひとみ》は大小合わせて五つ、さらに顔面と思わしき箇所は左右に割れ、巨大な牙《きば》と長い舌を覗《のぞ》かせている。酔った時に描いた出来の悪いカメレオンのイラストみたいだった。夢に見そうだ。

「これで名前がクロエ？　冗談だろう？」

「あらやだ、失礼しちゃうわねえ」

「ちなみに依頼書に〝絶対安全！　依頼での死亡率０％！〟って書いてあったのは本当なんだろうな？」

「本当よう。ペット探しで凶獣が死んだことは一度も無いわ」

「もっと人間のほうを気遣ってもらえる？」

地下闘技場からの仕事は何度か受けたことがあったが、全《すべ》て楽な仕事だったために完全に油断していた。

「それで？　依頼は受けるの？　受けないの？」

依頼人が質問したタイミングで、エイスケの腹がグゥーと大きく鳴った。内容はともかく、支払いの良い仕事だ。もう丸一日食べていないので、そろそろ何かを口にしたい。

それにここは死の気配が強くて居心地《いごこち》が悪い。下手《へた》に揉《も》めて長居したくなかった。

エイスケはため息をつくと、立ち上がった。

「前金は出るんだろうな？」


ターゲットの写真を眺めながらエイスケは愚痴った。

「もっと普通の仕事をしながら日々をゆっくりと過ごしてえ。凶獣のクロエちゃん探しじゃなくて、例えば、猫を探すとか、そんな感じのやつだ」

「オーホッホッホッホ！　この富と悪徳の街ケイオスポリスで！　そんな平和な仕事があるはずありませんわ〜！」

不運の二つ目が話しかけてくる。凶獣探しの依頼人とて鬼ではない。エイスケ一人では荷が重いだろうと、腕の立つ悪役《ヴィラン》を相方として用意してくれたのだ。……そのはずだったよな？

エイスケたちはたった二人で、凶獣が潜む廃屋に徒歩で向かっていた。クロエちゃんの個性的な外見はよく目立つ。目撃者は多く、居場所はすぐに見つかった。隣で高笑いしながら歩く金髪碧眼《へきがん》の女に問いかける。

「あー、あんた。アデリー・ソールズベリーで合ってるよな？　人違いではなく？」

問いかけられた女はなぜか得意気に胸を張りながら答えた。

「そう！　わたくしこそが！　『自動人形』の悪役《ヴィラン》、アデリー・ソールズベリーですわ！　サインしてあげてもよろしくてよ！」

「……『不可侵』のエイスケ・オガタだ。サインは遠慮しておく。よろしく」

どうやら人違いでは無さそうだった。人間をたやすく噛み砕《くだ》くモンスターをこれから捕まえようと言うのに、アデリーからは緊張を感じられない。まさかこんな能天気な女が来るとは思わなかったエイスケは頭を抱える。果てしなく不安だ。

しかし、廃ビルが立ち並ぶ貧民街を歩いているうちに、エイスケはアデリーへの評価を改めた。

……意外と信用は出来るかもな。

昔はこの近くに住んでいたこともあり、治安の悪いケイオスポリスの中でもこの辺りのスラムは特にひどいことをエイスケは知っていた。丸腰の富裕層の男女が五分も歩けば身《み》ぐるみ剥《は》がされて売り飛ばされてもおかしくはない場所だ。

だというのに、鋭い目をしたスラムの住民たちとすれ違うたび、住民はエイスケとアデリーを避けて目をそらしながら足早に去っていく。

「それにしても、普通のお仕事が欲しいのならケイオスポリスのお外で探したほうが良いのではないかしら？」

「まあちょっとこの街に野暮用があってね。用が済んだら外に行くかじっくり考えるさ」

エイスケと雑談しながら歩くアデリーは、リラックスした様子で貧民街の様子を興味深そうに眺めている。

要するに、アデリーは油断しすぎなのだ。厳重に警備されたパーティー会場を楽しむように、優雅に貧民街を散歩している。ここまで無警戒で歩く女は、二つに一つだろう。つまり、よほどのバカか、それとも——その余裕に見合う武力を保持しているか。

「ここですわね。クロエちゃんが棲《す》みついた犬小屋は」

場所がスラムと聞いたときは一度ぐらいは住民に絡まれるのを覚悟していたが、あっさりと目的地に着いた。

元は立派な一軒家だったであろう廃屋。無害そうに見えるが、エイスケには邪悪な気配が家の中で蠢《うごめ》いているのが分かった。……犬小屋ってサイズではなくない？

「間違いなく棲んでるな。それで、どうする？」

「わたくし一人で充分でしてよ」

目と鼻の先に凶獣が棲まう間合いにおいても、未だにアデリーは余裕の笑みを浮かべている。これは任せておいても問題無さそうだ。

エイスケが一歩下がると、アデリーはパチンと指を鳴らして呼びかけた。

「いらっしゃいな、クー・シー」

かつては、悪役《ヴィラン》とは単純に悪人を指す言葉だったらしい。今は、違う。他者を蹂躙《じゅうりん》する形で願いを叶《かな》える異能力——悪望能力を持つ者こそが、畏怖《いふ》の念を込めて悪役《ヴィラン》と呼ばれる。

一人の悪役《ヴィラン》に唯一つ与えられる悪望能力をアデリーが発動する。

アデリーが指を鳴らすと同時に、巨大な何かが落下してきた。これは……犬か？

犬のように見えるソレはアデリーの背丈よりも大きく、皮膚は鉄のようなもので覆われていて、関節部には歯車が見えた。明らかに生物ではない。犬の自律機械、オートマトンだ。

「ふふっ、くすぐったいですわよ、クー・シー」

クー・シーと呼ばれた自律機械は、アデリーにじゃれついて次の命令を待っている。

つまりこれこそが『自動人形』の悪役《ヴィラン》、アデリー・ソールズベリーの悪望能力なのだろう。いったいどんな望みを抱いたのかは知らないが、アデリーは自律機械を生物のように操る能力を持っている。

凶獣捕獲の依頼に呼ばれるわけだ。意外にも実戦的な能力に感心しているうちに、アデリーが命令を下した。

「では激しく噛み殺《ころ》しなさい、クー・シー」

アデリーの命令を受けたクー・シーは、廃屋に勢いよく突進し、そのまま壁を破壊して内部に突入する。頼もしい限りだ。……いや待て。今なにか不穏なことを言わなかったか?

「待て、殺すな! 依頼はクロエちゃんの捕獲だ!」

「あ、そうでしたわ! や、優しく噛み殺しなさい、クー・シー」

「だから殺すな!」

エイスケは慌ててクー・シーの後を追って廃屋に入ろうとしたが、既に手遅れだった。廃屋が振動し、巨大な生物が暴れまわる騒音が数秒だけ響いた後、静けさが戻る。

得意げにボールのようなものを口にくわえてしっぽを振りながら戻ってきたクー・シーを見て、

エイスケは膝《ひざ》から崩れ落ちた。

「お、俺の食事代が……」

クー・シーがくわえていたのは凶獣の頭部だったのだ。

＊＊＊

そんなエイスケとアデリーの姿を、気付かれぬように陰から覗いている男がいた。フードを被っており、表情は窺《うかが》えない。

「『自動人形』の悪役《ヴィラン》、なかなか面白い悪望能力ね。少しばかり暴れてもらうわよ」

凶獣を餌にして、悪くない悪役《ヴィラン》が釣れた。この街にさらなる『暴力』を振りまくストーリーの序章に相応《ふさわ》しい能力だ。

男は指先をアデリーに向けると、静かに悪望能力を発動させた。彼の能力は使い勝手が悪く、近距離の相手にしか作用しないが、しかし、確実に、対象の精神を蝕《むしば》む。

こうしてエイスケとアデリーは、気付かぬうちに、静かな悪意によって、悪望能力による攻撃を受けた。

＊＊＊

「オーホッホッホッホ！　美しく噛み砕きなさい、クー・シー！」

　アデリーの指示によってクー・シーはくわえていた凶獣を巨大な牙でムシャムシャと噛みはじめる。

「おいやめろやめろ！　アデリー、早くやめさせ……おい、どうした？」

　元々が変人だったのでアデリーの変化に気付くのが遅れた。先程まで青かったアデリーの瞳は真《ま》っ赤《か》に染まっており、口元には邪悪な笑みを浮かべている。明らかに尋常ではない変化だ。

「アデリー、一体何が……」

「いらっしゃいな、皆さま」

　エイスケの声を遮って、アデリーは指をパチンと鳴らした。クー・シーと同様に、しかしそれ以上の規模で、巨大な複数の何かが空から降ってくる。それは猫の姿や、熊の姿、獅子《しし》の姿、その他動物を模した大量の自律機械だった。

　アデリーを王として付き従う数十の機械獣たちは華麗に着地すると、その全《すべ》てがエイスケを睨《にら》みつけてくる。獣たちの殺気に、エイスケは嫌な予感を覚える。

「おい、まさかとは思うが」

「そこの男を優雅に引き裂きなさい」

「ですよね！」

エイスケの背中を嫌な汗が伝う。アデリーの異変の正体が掴《つか》めぬまま、攻撃が始まってしまった。普段のエイスケなら即座に逃げの一手を選ぶところだが、周囲の物陰からスラムの住民たちが怯《おび》えながらこちらを覗いているのが気になった。アデリーの様子は異常だ、エイスケが逃げたら周りの住民を攻撃し始めてもおかしくはない。

この付近にはエイスケの知り合いも住んでいる。このまま逃げ出すのは躊躇《ためら》われた。

「見捨てたら後味が悪いよな……クソッ！」

迷っているうちに、熊の自律機械が鋭い爪で殴りかかってくる。同時に足元からは蛇の自律機械が嚙《か》みつかんと迫っていた。一秒後にはエイスケをたやすく肉塊に変えるであろうその攻撃は、しかし、何か透明な壁にぶつかったかのように進みを止めた。

本来あり得ぬ現象を起こしたのは、エイスケの『不可侵』の悪望能力に他ならない。透明な直方体の障壁を生み出す『不可侵』の悪望能力が、熊と蛇の攻撃を食い止めていた。

アデリーが何かを見極めるかのように、目を細めて問いかけてくる。

「それがあなたの『不可侵』の悪望能力ですのね、エイスケ」

「ああ、俺の領域に踏み入る奴《やつ》はどんな奴だろうと許さない。退くなら今のうちだぜ、アデリー」

「オーホッホッホ！　面白い冗談ですわね、エイスケ。見えないおバリアを張る程度の能力では、わたくしが創ったお人形さんたちには勝てませんわ～！」

「…………」

自律機械たちが一斉に襲いかかってくる。

凶獣をたやすく葬った恐るべき攻撃、それが多方面から恐ろしい速度でエイスケに迫る。エイスケはそれらを器用に避け、『不可侵』の悪望能力で障壁を生み出して防御し、自律機械を殴り飛ばして反撃しながら時間を稼ぐ。

悪役《ヴィラン》が有するのは悪望能力だけではない。悪望能力に覚醒《かくせい》した悪役《ヴィラン》は、並の人間が束になっても敵わぬ強靭《きょうじん》な身体能力も併せ持つ。エイスケの強烈な殴打は、轟音《ごうおん》と共に自律機械の鋼鉄の体を凹ませ、確実にダメージを与えていた。

しかし、硬い。拳《こぶし》では一撃で仕留めきれないことにエイスケは舌打ちする。

「あら、なかなかやりますわね」

「そりゃどーも！」

数十の機械の獣を操るアデリーが怪物ならば、自律機械相手に障壁と徒手空拳《としゅくうけん》をもって対抗するエイスケもまた人間の規格を超えている。

絶え間なく襲いかかる自律機械の攻撃。エイスケは牙《きば》を障壁で受け、爪を殴打で叩《たた》き落《お》とし、獣を蹴《け》りで弾き飛ばす。

常人の目には捉《とら》えられぬ速度で目まぐるしく動き続ける高速の攻防。

「ひ、ひぃっ」

二人の悪役《ヴィラン》の戦闘は数分間拮抗《きっこう》していたが、不意に、その天秤《てんびん》は第三者によって破られた。

怯えて物陰に隠れていた住民だろうか。エイスケの後方から少女の悲鳴が響く。虎を模した自律機械が、少女に襲いかかろうとしていた。

「クソッ！」

周囲の自律機械を振り払い、少女の元へと駆け寄る。虎の牙が少女の頭に噛みつく一瞬前に、かろうじて『不可侵』による防御が間に合った。背を向けたエイスケに獣たちが一斉に飛びかかる。

鮮血。隙を見せた一瞬のうちにエイスケの全身が鋼鉄の爪に斬られる。傷を負ってもエイスケ一人ならまだ何とかなったろうが、少女に『不可侵』の防御のリソースを割いている今、完全に劣勢になってしまった。

数秒の攻防の末、押し切られ、犬の自律機械クー・シーの牙がエイスケに迫った。

鋭い牙を見てもなお、エイスケは恐れなかった。時間稼ぎが間に合ったことを確信したからだ。

コンマ一秒後にはエイスケの首をもぎ取るはずの牙が迫っているにも拘わらず、エイスケは不敵に笑った。

「遅かったじゃあねえか、セイクリッド」

瞬間、クー・シーの身体《からだ》が、斬撃に斬り裂かれた。

ここはケイオスポリス。他者を蹂躙する悪役《ヴィラン》がいるならば、必ずそこにはこいつらが来る。

両手で構えた剣でクー・シーを斬り裂いた小柄な金髪の少年が堂々と立っていた。

「悪役対策局セイクリッドだ。街で暴れている悪役《ヴィラン》というのはお前らだな？」

金髪の少年は堂々と名乗りを上げる。

悪役対策局《セイクリッド》。ケイオスポリスが誇る治安維持組織。悪役《ヴィラン》狩りの悪役《ヴィラン》ども。

少年はエイスケを見て、次にその後ろで震えている少女を見ると、にこりと笑みを浮かべる。

「よく市民を守ってくれたな。僕が来たからには安心しろ」

エイスケは何か答えようとして、次の少年のセリフを聞いて絶句した。

「この『正義』の悪役《ヴィラン》、ハル・フロストに全てを任せろ！」

ハルと名乗った少年は、自信満々に自分の胸をドンと叩いた。

自分を『正義』と名乗るやつにろくな人間はいない。それが悪役《ヴィラン》ともなればなおさらだ。

つまるところ、これが不運の三つ目だ。よりにもよって自らを『正義』の悪役《ヴィラン》と称するハル・フロストと出会ったことを、エイスケは深く後悔することになる。

一章　悪役対策局《セイクリッド》

「あー、俺の聞き間違いかもしれないから、もう一度聞かせて欲しいんだが。今『正義』の悪役《ヴィラン》って名乗った？」

悪役対策局《セイクリッド》の腕章をつけた小柄な少年ハル・フロストは、得意げに胸を張った。

「そう、『正義』の悪役《ヴィラン》、ハル・フロストだ！」

「……うん、そうだな。なんというか『正義』って雰囲気出てるぜ、あんた。その剣も、その、格好良いし」

「格好良いだろう！　正義斬殺剣って言うんだ！」

「……」

色々と言いたいことをエイスケは呑《の》み込んで、カクカクと頷《うなず》いた。悪役《ヴィラン》との会話にはどこに地雷があるのか分からない。変にツッコミを入れて貴重な援軍を失いたくはない。

「オーホッホッホッホ！　悪役対策局《セイクリッド》が来たところでわたくしのお友達の前ではチリも同然ですわ～！」

ハルは高笑いしているアデリーのほうをチラリと見ると、エイスケに問いかけてくる。

「アレ、知り合いか？　いつもあんな感じなのか？」

相変わらずアデリーの瞳《ひとみ》は赤く染まっており、何か異常事態が起きていることは間違いない。

「いいや、知らない子だな」

エイスケは力強く首を横に振った。アデリーとは先程会ったばかりなので完全な嘘《うそ》というわけではない。ケイオスポリスでは悪役対策局《セイクリッド》は警察と同格の逮捕権限を持っている。変に目立って悪役対策局《セイクリッド》に目をつけられるのは避けたかった。

ふうん、とハルは興味が無さそうな様子で頷くと、アデリーのほうに向き直り剣を構えた。

「悪役対策局《セイクリッド》第十二課一等特別捜査官、『正義』の悪役《ヴイラン》、ハル・フロスト」

「『自動人形』の悪役《ヴイラン》、アデリー・ソールズベリーですわ」

「罪のない人々を傷つける犯罪者め、僕の『正義』を見せてやろう」

「わたくしの『自動人形』で麗しく斬り裂いて差し上げましょう」

二人の悪役《ヴイラン》は仲良く自己紹介を済ませると、必殺の悪望能力を構えて向き合った。アデリーがパチンと指を鳴らすと、さらに自律機械が空から降ってくる。それを見たハルは慌てることなく、静かに黒色の両手剣を構える。

……ただの剣じゃあないな。

クー・シーを一瞬で切断した現象は、ハルの剣の技量のみによって生まれたものではない。おそらくあの黒い剣そのものが、ハル・フロストの悪望能力だ。

ハルがアデリーの注意を引きつけている間に少女を逃がしながら、エイスケはハルの戦いをじっくりと観察することにした。エイスケにはある目的があった。特に悪役対策局《セイクリッド》の情報は少しでも手に入れておきたい。

「オーホッホッホ！　その男を華麗に千切りなさい、お人形さんたち」

アデリーの自律機械たちがハルに殺到する。それに対してハルが悠然と両手剣を構えると、次の瞬間には、ハルの周囲にいた全《すべ》ての自律機械は、斬撃によって真っ二つに切られていた。

「「は？」」

アデリーとエイスケの驚愕《きょうがく》の声が合わさった。エイスケとてそれなりの年数をケイオスポリスで生きてきた悪役《ヴィラン》だ、悪望能力が起こす不可思議な超常現象を知らぬ訳ではない。しかし、そのエイスケの知識をもってしてもハルの剣の攻撃力は度が過ぎている。

直接手を合わせたエイスケには、アデリーが高位の悪役《ヴィラン》であることが分かる。悪役《ヴィラン》の危険度は悪望深度と呼ばれるランクによって分類されるが、アデリーはおそらく悪望深度B以上の悪役《ヴィラン》だ。そのアデリーが使役する鋼鉄の自律機械をバターのように切り裂く？　いったいどんな悪望能力だ？

エイスケが唖然《あぜん》としている間に、いつの間にか決着はついていた。

アデリーの機械獣たちはそのことごとくがハルの黒剣に斬られ、活動を停止していく。

最後の自律機械を斬ると、ハルはアデリーの喉元《のどもと》に剣を突きつけて降参を促した。

「投降しろ。アデリー・ソールズベリー」

「な、なんて酷《ひど》いことを！　わたくしのお友達はお人形さんたちしかいませんのに！」

「大切なお友達を戦わせるんじゃあないよ」

わなわなと震えるアデリーにエイスケがツッコミを入れる。アデリーはしばらく涙目になって肩を震わせていたが、指を大きくパチンと鳴らすと、やけくそ気味に叫んだ。

「こうなったら奥の手ですわよ！　いらっしゃいな、大きなお友達、ベヒモス！」

動かなくなった自律機械の屍《しかばね》たちが集まり、巨大な一つの自律機械として再構築され始める。

しかし、アデリーがどんな奥の手を使おうとも、剣を突きつけているハルのほうが速い。エイスケはハルが対処するだろうと思って黙って静観していたが、ハルが一向に動かないことに気付いて青ざめた。

「おい、ハル、ハル・フロスト？　おーい、どうした、ハルくーん？」

よく見るとハルは巨大な自律機械を見上げ、目を輝かせている。

「おい見ろよ、巨大ロボだ！　かっけー！」

「子供か！」

いや、子供なのか。エイスケより頭一つは小さい身長150センチメートル前後のハルは、どう見てもエイスケより年下だ。十二歳ぐらいだろうか。悪役対策局《セイクリッド》に児童労働を戒める規律は無いのか？

ハルとエイスケがもたついている間に、アデリーの巨大な自律機械が完成してしまった。でかい。数十メートルはある。象のような巨大自律機械には長い鼻がついており、その頭部にはいつの間にかアデリーが乗っていて高笑いしている。

「オーホッホッホッホ！　ベヒモス、壮麗に踏《ふ》み潰《つぶ》してしまいなさい！」

エイスケとハルはベヒモスを見上げていたが、顔を見合わせると、くるりと背を向け、走り出した。逃げ出したエイスケたちを追ってベヒモスがゆっくりと前進を始める。

「うおおおおお！　おいハル、あれどうにかならないのか！」

「僕の『正義』に不可能はない！　ないが……ちょっと考え中だ！　えーと、君の名前は……」

「エイスケ・オガタだ！　ノープランなんだな？　そうなんだな⁉」

ベヒモスについた象の鼻のような長い鋼鉄の鞭《むち》が、エイスケたちの少し後ろの地面に叩きつけられる。凄《すさ》まじい音と共に地面が大きく揺れた。

「やばいやばいやばい、マジで死ぬぞコレ！」

「高いところから見られて腹が立ってきたな。僕は見下ろされるのが凄《すご》く嫌いなんだ」

「余裕あるねえ、ハルくん！」

建物を巻き込み破壊しながら突き進むベヒモス。ビルの破片が豪快に降り注いでくるが、エイスケは『不可侵』の障壁で防ぎ、ハルは『正義』の黒剣で斬り落とす。

「おい、これ死人出てるんじゃないか⁉」

「心配ないよ。悪役対策局《セイクリッド》がいま住民を避難させてる。そろそろ応援も来るはずさ」

それはそうか、これほどの規模の悪役《ヴィラン》災害にハル一人で対処する訳がない。安堵《あんど》したのもつかの間、背筋が凍る。ちらりと後ろを振り返ると、ベヒモスが大きく膝《ひざ》を曲げていたのだ。これは、まさか。

「オーホッホッホッホ！　そろそろトドメですわよ〜」

「ひっ」

思わず恐怖の悲鳴が漏れた。ベヒモスがジャンプしたのだ。

エイスケとハルの遥《はる》か上空にベヒモスが跳び上がり、二人を巨大な影が覆う。落下し、押《お》し潰さんと急激なスピードで迫るベヒモス。

大丈夫。俺はまだ死なない。

大丈夫なはず。

……大丈夫だよな？

頼むから何か起こってくれ！

死ぬなら死ぬと言ってくれ！

エイスケが目を瞑《つぶ》ると同時に、ベヒモスの巨躯《きょく》が落下し、地響きと共に巨大なクレーターが生まれた。

「さんきゅー、アレックス。やっぱり見下ろす側のほうが気持ち良いな！」

「……生きてる？」

エイスケとハルは空中を飛行していた。眼下にはクレーターの中心部にベヒモスが佇《たたず》み、ベヒモスの頭部にいるアデリーがグルグルと目を回しているのが見える。あんなところにいたら酔うに決まっているだろう、アホなのかあいつ。

少々息苦しさを覚えながら今度は上を見ると、巨大なコウモリの羽を生やした男が、エイスケとハルの腕を掴《つか》んで飛んでいた。間違いなく何らかの悪望能力を行使している。悪役《ヴィラン》だ。

「アレックス、状況は？」

「ディルク先輩が『分析』してくれたであります。前脚と鼻に脆《もろ》い箇所があるので、そこを潰して無効化してから悪役《ヴィラン》を捕まえるのが良いとのことであります。シンリ課長が前脚のほうに向かっています」

「じゃあ僕は鼻を叩《たた》くか」

アレックスと呼ばれた男もハルと同様に悪役対策局《セイクリッド》の腕章がついた服を着ていた。白い髪に白い肌、赤い瞳が爛々《らんらん》と輝いているのがよく目立つ。思わずアデリーの赤い瞳を連想してしまうが、エイスケを助けてくれたということは敵ではないのだろう。エイスケが静かに観察していると、アレックスに気付かれてしまった。

「ああ、この瞳は生まれつきであります。自分はアレックス・ショーであります」

「エイスケ・オガタだ。悪いね。じっと見ちゃって」

「いえいえ。お気になさらず」

アレックスは柔和な笑顔を作る。この日初めてまともなコミュニケーションを取れそうな悪役《ヴィラン》に出会ったことにエイスケが感動していると、アレックスはそのまま言葉を続けた。

「見た目で判断されるのは不快なので、このまま落とすでありますね」

「ハハハハ。おいおいハル。お前の同僚、面白い冗談を言う――うおおおおっ⁉」

急速に遠ざかっていくアレックスとハル。違う、エイスケが遠ざかっているのだ。

嘘《うそ》だろ⁉　本当に落としやがった！

エイスケは『不可侵』の障壁を自身の真下に薄く何枚も展開した。エイスケと障壁が接触するたびに障壁が割れるが、そのたびに落下スピードが落ちていく。充分に速度を落とした状態でエイスケは着地すると、息切れしながら悪態をつく。

「ハアッ、ハアッ、ハアッ。まともな悪役《ヴィラン》はいないのか！」

「ここにいるぞ。すまないな、アレックスは少々気難しいところがあってね」

知らない声がエイスケに答えた。今日はよく悪役《ヴィラン》に会う日だ。エイスケが警戒しながら後ろを見ると、そこには生真面目《きまじめ》な表情をした黒髪の壮年の男が立っていた。片手にはカタナを持っている。得物《えもの》と顔立ちからしてエイスケと同じ東洋の島国出身だろう。様々な国の出身者が集まるケイオスポリスでは珍しくない。

「あんた、もしかして前脚担当の〝シンリ課長〟？」

「悪役対策局《セイクリッド》第十二課課長シンリ・トウドウだ」

「エイスケ・オガタだ。これは善良な一般市民からの忠告だが……あんたの部下、道徳の授業を受けさせたほうが良いぜ」

「考えておこう。ムッ、君、その姿は……？」

エイスケは自分の体を見下ろした。悪役《ヴィラン》の回復能力の高さ故にすでに血は止まっているが、全身が傷だらけだ。

「ああ、気にしなくていいぜ。もう血は止まってる」

「服装が乱れているな。もっと身だしなみに気を付けろ」

「本当に心配する場所はそこで合っているんだろうな？」

シンリはエイスケの服装をいじり、きっちりと見た目を整えると、満足したように頷《うなず》いた。

「よし、悪くない見た目になったな。私はあの巨大自律機械を倒す任務があるため、これで失礼する」

「おう。忙しいところ悪かったね……」

そのままシンリは巨大な自律機械ベヒモスを見据えると、カタナを構えて疾走しはじめた。疾《はや》い。悪役《ヴィラン》の身体能力は悪望深度に比例すると言うが……シンリの身体能力はエイスケのそれを大きく上回っている。武力による悪役《ヴィラン》鎮圧を目的とする悪役対策局《セイクリッド》の課長を務めるだけのことはある。

シンリはあっという間にベヒモスに到達すると、驚異的な身体能力でそのまま膝にあたる関節部まで駆け上がり、カタナで切った。

巨大なベヒモスに対してはあまりにも小さな傷、しかしベヒモスについた傷はおおきく広がりはじめ、やがて自壊するように膝が砕け散った。

「嘘ぉ」

エイスケは思わず声を漏らした。

あの巨大自律機械にカタナの一撃が通るのも驚異だが、その小さな傷のみでベヒモスの膝が砕け散ったのはもはや怪奇現象だ。

「シンリの何らかの悪望能力……いや、アレックスが何か言っていたな。〝ディルク先輩〟による

『分析』か」

『分析』の悪望能力。対象の弱い箇所を見抜く悪望能力といったところだろうか。

片脚を失ったベヒモスはグラリと傾くが、倒れずに踏みとどまった。ベヒモスは怒ったように唸《うな》り、鋼鉄の鼻を振り回す。長い鼻がシンリを襲おうとするが、直後、上空からハルが降ってきた。

ハルは器用に鼻に着地し、頭部に向かって駆け上がると、とある一点に黒剣を突き刺した。シンリのカタナと同様に小さい傷からピシリと亀裂が入っていき、鼻が根本から折れて落下する。凄まじい重量の鼻が落下したことによる轟音《ごうおん》と地響き。

立て続けに脚と鼻を破壊されたベヒモスはついにバランスを崩した。うつ伏せになるように腹から地面に倒れる。頭部にいるアデリーは落下しかけていたが、両手でベヒモスに掴まってなんとかぶら下がっている。

「あら、わたくし何を……？　お、落ちる！　落ちますわ、助けて下さいまし～！」

いつの間にかアデリーの瞳《ひとみ》は元の青色に戻っていた。正気に戻ったのだろうか？

アデリーが元に戻った以上、これで決着だろう。

ハルがアデリーのいる場所に駆け寄って引っ張り上げる。そのまま手錠でもかけるのかな、とエイスケはぼんやりと様子を見ていたが、ハルはへたり込んでいるアデリーに対して剣を掲げると、そのまま躊躇《ちゆうちよ》なく振り下ろした。ひぃっ！

「き、斬った！　正義斬殺剣で斬りやがった！」

「落ち着くであります。ハル先輩が悪望能力で生み出した武器は、人を斬れないのであります」

いつの間にかアレックスがエイスケの側に立っていた。落下で死ななかったからトドメを刺しに来た訳じゃないよな？　エイスケはアレックスを警戒しながらも、ハルとアデリーの様子を窺《うかが》う。

「生きてるな……？」

あの剣の軌道なら間違いなく真っ二つになっているはずだが、実際にはアデリーは気絶しただけのようだった。意識を失ったアデリーを抱えながら、ハルがこちらに歩いてくる。シンリも一緒だ。

「僕の悪望能力は悪役《ヴィラン》の鎮圧に特化しているからな。普通の人間を斬っても何も起きないし、悪役《ヴィラン》を斬っても悪望能力の出力を下げて気絶させるだけだ。そもそも『正義』が人を殺すわけがないだろう」

どうやらハルにもエイスケの言葉が聞こえていたようだった。ハルの呆《あき》れた声による解説が入る。

「じゃあなんで正義斬殺剣って名前なんだよ。ネーミングセンス最悪か？」

「なんでだ、正義斬殺剣、格好良いだろう！」

「あなた、ハル先輩のネーミングセンスを疑うのでありますか？」

「……」

同意を求めるためにシンリのほうを見るが、シンリは諦《あきら》めろとばかりに首を横に振った。

「まあ、そうだな、俺が間違ってたよ。どうやら事件も解決したようだし、俺はそろそろお暇しようかな？」

今日のところは悪役対策局《セイクリッド》の情報が手に入っただけでも収穫はあった。エイスケはこの場を去ろうとして、ハルに呼び止められる。

「あ、ちょっと待ってくれ。両手を出してもらっていいか?」

「両手? なんで?」

ハルの指示に従って両手を出すと、ガチャリと手錠をかけられた。

「ちょっとそこの悪役対策局《セイクリッド》の事務所まで来てもらおうか」

なんで?


「俺は何もやってないんですよ! 本当なんすよ、信じてくださいお巡りさーん!」

エイスケは悪役対策局《セイクリッド》の事務所に連れ込まれていた。悪役対策局《セイクリッド》といえばケイオスポリス最大の治安維持組織のはずだが、それにしてはこじんまりとした三階建てのビルだったのが意外だった。

ともかく悪役対策局《セイクリッド》に手錠をかけられて事務所に連れ込まれた悪役《ヴィラン》の未来など一つしか無いだろう。取り調べのあとに刑務所行きだ。

「マジで心当たりないんだって! 知らない女に襲われただけ!」

「犯人は皆そう言うんだ」

ハル・フロストの言葉にギクリとする。

実を言うと心当たりは無数にあった。地下闘技場の凶獣が正規の手段で飼われているとは到底思えない。その地下闘技場に雇われて凶獣を捕まえようとしたエイスケもケイオスポリスの法に違反している。そもそもエイスケは日頃《ひごろ》から裏社会の仕事を引き受けて生計を立てており、引き受けた

仕事の大半が違法だ。

　エイスケはベソをかいて弁明したが、聞き入れられなかった。エイスケがハルとシンリに付き添われながら取り調べ室に入れられると、シンリが話しかけてくる。

「今からこの部屋にある女性が入ってくるが、君はその女性を攻撃しないことを約束して欲しい」

「……へえ」

　エイスケは泣き真似《まね》をやめて違和感を整理する。エイスケは手錠をかけられただけだ。悪役《ヴィラン》を取り調べるなら悪望能力を封じる厳重拘束具を使うのが当たり前だが、シンリたちにその様子は無い。これから、対等な会話をするつもりなのだ。つまり、逮捕が目的ではない。

　逃走する機会はいくらでもあったのにエイスケが大人しく従ったのは悪役対策局《セイクリッド》の情報を得るためだったが、これは正解だったかもしれない。

　エイスケは頷くと、ジャラリと手錠のつけられた両手首をシンリに差し出した。

「手錠を外してくれ。あんたたちが俺を攻撃しない限り、俺もあんたたちを攻撃しない」

　シンリは軽く頷くと、手錠を外し、エイスケの後ろに控えるように立った。

「え？　こいつ犯罪者じゃないのか？」

　不思議そうなハルの言葉が不安を煽《あお》ったが、いったん気にしないことにする。

　手錠が外されてすぐに、美しい少女が入ってきた。悪役対策局《セイクリッド》の制服を着ているが、胸につけているバッジはシンリのよりも豪奢《ごうしゃ》で階級が高いことが分かる。少女の後ろには黒い執事服を着た老人と銀髪の少女の二人組が控えていた。銀髪の少女のほうは何故か水瓶を抱えている。

悪役対策局《セイクリッド》の少女は、机を挟んでエイスケの対面に座ると、朗らかな笑顔で話しかけてきた。

「こんにちは！　ユウカ・サクラコウジです。ユウカって呼んでくださいね！」

「エイスケ・オガタだ。……サクラコウジって、あの？」

「はい、桜小路財閥の総帥を務めています！」

桜小路財閥はケイオスポリスでも有数の大財閥だ。悪役対策局《セイクリッド》にも出資していたのか。しかも総帥？　エイスケにとって雲の上の存在である。エイスケは居住まいを正した。

「へへ、肩でもお揉《も》みしましょうか」

とりあえずは長い物には巻かれるのがエイスケの処世術だ。

「まずはエイスケさんに来て頂いた理由をお話しさせてください」

ユウカはエイスケの媚《こ》びを華麗にスルーして会話を続けた。

「エイスケさん、わたしたち悪役対策局《セイクリッド》がどんな組織かは知っていますか？」

「悪役《ヴィラン》専門の警察みたいなものだろ」

ケイオスポリスにいれば誰《だれ》でも知っていることだ。ケイオスポリスで起こる悪役《ヴィラン》犯罪には警察では対処しきれない。そのため、この街には対悪役《ヴィラン》犯罪に特化した治安維持組織が存在する。悪役《ヴィラン》で構成された対悪役《ヴィラン》組織、悪役対策局《セイクリッド》である。

「ええ。それだけ分かっていれば充分です」

ユウカは頷くと、本題を切り出す。

「これは勧誘です。エイスケさん、悪役対策局《セイクリッド》に加入するつもりはありませんか？」

「「なんだって?」」

自分の耳がおかしくなったのかと思い、エイスケは思わず聞き返した。同じく疑問に思ったハルの声も被った。エイスケの傍らに立っていたシンリが説明を引き継ぐ。

「私が推薦したんだ、エイスケ。君はなかなか見込みがある」

「また、急な話だな」

悪役対策局《セイクリッド》に入る。考えたことも無かった選択肢だ。しかし、考えようによっては望ましい展開だった。エイスケの目的は悪役対策局《セイクリッド》が抱えている情報を集めることで、それを叶《かな》えるためには、むしろベストな選択に思える。

「シンリ、僕は反対だぞ。確かに悪役《ヴィラン》から女の子を護《まも》っていたし、悪い奴《やつ》じゃなさそうだけど、こんなどこの誰かも分からない悪役《ヴィラン》を悪役対策局《セイクリッド》に入れるなんて」

「もちろん入局面接はする。ハル、悪役対策局《セイクリッド》の人事決定権がユウカ殿にあるのは知っているはずだ」

「それは、そうだけど」

渋るハルの様子を見ながら、エイスケは考えるふりをした。すでに悪役対策局《セイクリッド》への加入を決意していたが、簡単に頷いて疑われることは避けたい。少しもったいつけて、うんうんと唸る。

そんなエイスケの背中を押すためか、ユウカが問いを投げかけてくる。

「エイスケさん、異能力者がなぜ悪役《ヴィラン》と呼ばれているか、理由を知っていますか?」

「?　そりゃあ……悪役《ヴィラン》の持つ悪望能力が、人を傷つける危険な能力だからだろう」

覚醒《かくせい》した悪役《ヴィラン》の大半は殺傷能力の高い悪望能力に目覚める。そこにいる自称『正義』のハル・フロストですら、他者を斬るための剣を具現化する悪望能力を持っているのだ。

「ええ。悪望能力は個人が抱いた強い願いを叶えるために顕現しますが、なぜか高確率で他者を蹂躙《じゅうりん》する形をとります」

なぜか、ね。エイスケに言わせれば個人の願望とは多かれ少なかれ他人を蹴落《けお》とす性質を持つものだが、黙って話を促す。

「だからこそ、このケイオスポリスの秩序を守るため、危険な悪役《ヴィラン》を鎮圧するために私たちが必要なのです。悪役《ヴィラン》によって構成された対悪役《ヴィラン》組織、悪役《ヴィラン》対策局セイクリッドが。しかし、」

「人員が足りない、か。まあそりゃそうだよな。悪役《ヴィラン》狩りの悪役《ヴィラン》、制御不能な無法者どもに務まるとはとても思えねえ」

ついでに言うと先程会った無法者どもにも務まるとは思えなかったが、これも黙っておく。

「わたしは、この街で好き勝手に暴れまわる悪役《ヴィラン》を必ず一掃します。そのために、第十二課テミスを作り上げました。エイスケさん、是非、あなたの力を貸して欲しいのです」

ユウカの声色には覚悟のようなものが滲《にじ》んでいたが、エイスケには共感できなかった。そもそもエイスケ自身が悪役《ヴィラン》であるし、また、ユウカが言うところの好き勝手に暴れまわる連中がさほど嫌いではないのだ。悪役《ヴィラン》を一掃する組織が悪役《ヴィラン》の力に頼っているのにも矛盾を覚える。

しかし、シンリとユウカの勧誘に乗るならこのタイミングだろう。エイスケはなるべく感極まった声を出してユウカに賛同した。

「感動したぜ、ユウカ。あんたたちはケイオスポリスに平和を取り戻す英雄《ヒーロー》ってわけだ。ハルの言葉を借りるなら、俺の『正義』の心が燃えてきたぜ。全面的に協力させてもらう」

「悪役《ヴィラン》が『正義』を語るな」

「感謝する」

「ありがとうございます！」

ハルが嫌そうな顔をして、シンリは真面目な顔で感謝し、ユウカは満面の笑みで礼を述べる。三者三様の反応。その後、ユウカは少しだけ申し訳無さそうな表情になる。

「これから簡単な入局面接だけさせてください。形式だけではあるのですが、悪役対策局《セイクリッド》に入局するためには選考を通過する必要があるんです」

「ああ、もちろん構わないぜ」

悪役対策局《セイクリッド》の選考はそのままユウカが行うらしい。

選考とはいえエイスケは気楽に構えていた。なにしろエイスケは直接悪役対策局《セイクリッド》に勧誘されているのだ。ユウカの言う通り、形式的なものだろう。

「それではまた後で会おう、エイスケ」

「落ちることを祈ってるよ」

シンリとハルが部屋から出ていき、ユウカとその後ろの執事二人だけが残る。

「サーシャ、『暴きだす真実の水瓶』をこちらに」

「御意」

サーシャと呼ばれた銀髪の少女が、抱えていた水瓶をゴトリと机に置く。

「エイスケさん、超越器具をご存知ですか？」

「？　ああ、知ってるけど」

エイスケが短く返答すると、水瓶に入っていた水が空中に浮き上がり、形を作りはじめ、最後に文字の形になってその場に留まった。真実《TRUE》の形をした水文字。目の前で起こった不可思議な現象にエイスケは息を呑《の》む。

「かつて『創造』の悪役《ヴィラン》によって生み出された、超常現象を起こすアイテムだろ。まさかお目にかかれるとはな。ケイオスポリスに十個もないっていうレア物じゃねえか」

軽口を叩《たた》きながら、起こった出来事を整理する。今、エイスケはユウカの質問に対して「知ってる」と答えた。直後、真実《TRUE》の水文字が浮かんだ。そして、『暴きだす真実の水瓶』という名前。おそらく、これは回答した者が嘘《うそ》をついているかどうかを判定する超越器具だ。

「桜小路家は超越器具の収集に力を入れていますからね。この『暴きだす真実の水瓶』は自慢のコレクションの一つで、簡単に言えば嘘発見器のようなものです」

「嘘発見器、ね。試してみても？」

「どうぞ」

エイスケは少し考えてからユウカに質問を投げた。

「ユウカ、あんた、悪役《ヴィラン》じゃあないな?」

「はい」

真実《TRUE》。そうだろうな、とエイスケは頷《うなず》いた。悪望能力に覚醒するほどの強烈な願いを抱いた人間はどこか歪《ゆが》んでいるものだ。ケイオスポリスに長く暮らしていれば、そうした歪みを見抜くのは得意になる。なんというか、ユウカはあまりにもまっとうすぎる。

「不用心だな。悪役《ヴィラン》でも無いのに、手錠をかけていない悪役《ヴィラン》と対面している訳か」

執事の二人もかなりの使い手に見えるが、それでもエイスケとユウカの距離のほうが近い。脅しとも取れるエイスケの発言にも、ユウカの笑顔は崩れなかった。

「エイスケさんのことを信用していますから!」

「そうかい」

信用されるのは嬉《うれ》しいが、これから仲間となる人間があまり間抜けでも困る。エイスケは軽く脅かすつもりでデコピンでもしようとして、腕が一切動かないことに気付いた。否、正確には腕は動く。動かないのは、ユウカへの攻撃意思を伴う行動だけだ。状況を正確に把握した結果、エイスケは一つの結論に達した。

悪望能力による攻撃を受けている?

エイスケは先程のシンリ・トウドウとのやり取りを思い出していた。

〝今からこの部屋にある女性が入ってくるが、君はその女性を攻撃しないことを約束して欲しい〟

〝あんたたちが俺を攻撃しない限り、俺もあんたたちを攻撃しない〟

なるほど、面白い。これがシンリの悪望能力か。

「シンリ・トウドウだったな。約束事を強制的に履行させる悪望能力ってわけだ」

「ええ、ご明察のとおりです。わたしが間抜けでないことは証明できましたか？」

「試すようなことをして悪かったよ」

エイスケは肩をすくめて謝る。

「それでは、次はこちらから質問させていただきますね」

どうぞ、とエイスケはジェスチャーと共に促した。エイスケは急速に頭を回転させていく。『暴きだす真実の水瓶』といい、シンリ・トウドウの悪望能力といい、思っていたよりもこの入局面接、準備に力が入っている。本当か嘘か見抜かれる以上、発言する内容には細心の注意を払わなくてはならない。隠すべきこと、隠すべきでないことを切り分けながら、エイスケは質問に備える。

まずはジャブから仕掛けてくるはずだ。

「エイスケさん、何を企《たくら》んでいますか？」

ストレートが来た。疑われていた。エイスケが目的を持って悪役対策局《セイクリッド》に接触したのが、完全にバレている。しかし、エイスケには心構えが既にできていた。冷静に受け答えをすることが可能だ。

「なななななな何も？」

エイスケの動揺したような声と共に虚偽《FALSE》の水文字が浮かび上がるのを見て、ユウカはため息をついた。

「悪役対策局《セイクリッド》への加入を決断するのが早すぎます。あれでは何かあると言っているようなものです。

正直に目的を話して頂ければ、協力できるかもしれませんよ?」

第十二課《テミス》の人事権を持つだけあってユウカは頭の回転が速い。『暴きだす真実の水瓶』の使い方も慣れていそうだ。今この瞬間は、ユウカには敵いそうにない。

エイスケは両手を上げて降参するポーズをした。

「半年前に友人が悪役《ヴィラン》に殺されてね。悪役対策局《セイクリッド》なら手がかりを持っているかもしれないと思ってな」

「……確かに悪役対策局《セイクリッド》には悪役《ヴィラン》の情報が集まります。なにか犯人の心当たりはあるのですか?」

ユウカが返答するまでに妙な間があった。悪役《ヴィラン》による殺人事件など悪役対策局《セイクリッド》にとっては珍しくないはずだが。エイスケはユウカの一挙一動を注意深く観察し続ける。

「ネメシス。知ってるだろ?」

ケイオスポリスには大小様々な犯罪組織が巣くっているが、その中でもネメシスはかなり関わりたくないほうの組織だ。彼らは悪役《ヴィラン》の根絶を目的に掲げており、悪役《ヴィラン》を殺すためなら手段を選ばない。悪役対策局《セイクリッド》所属の悪役《ヴィラン》がネメシスに殺されたのは有名な話だった。当然、悪役対策局《セイクリッド》も躍起になってネメシスを追っているはずだ。

「なるほど。しかし、ネメシス案件は階級の高い捜査官に任せられています。では、こういうのはどうでしょうか?」

ユウカは良いことを思いついたと言わんばかりに手を打って提案した。

「エイスケさんは悪役対策局《セイクリッド》に入局し、事件を解決して、階級を上げる。エイスケさんの活躍が認められたら、わたしのほうでネメシス案件の捜査官にエイスケさんを推薦しましょう」

「……随分協力的なんだな」

「凶悪犯を捕まえるためですからね。どうでしょう?」

「そうだな。凶悪犯を捕まえるためだ」

「ええ。凶悪犯を捕まえるためです」

エイスケとユウカは見つめ合う。『暴きだす真実の水瓶』が真実《TRUE》の水文字を描く。互いに嘘は言っていないというわけだ。この交換条件は、エイスケにとって悪くない話だった。

「助かるよ。よろしく頼む」

エイスケはユウカに手を差し出した。一瞬の間のあと、ユウカはがっしりとエイスケの手を掴《つか》んで握手に応じる。

「それでは面談を続けますね。エイスケさんは前科がありますか?」

エイスケはこの場にいる人間全《すべ》てに気付かれぬように軽く息を整えた。

大きな嘘を隠すコツは、あえて小さな嘘を相手に見つけさせることだ。ここまでは、隠すべきでないことの話。ネメシスを追っているのがバレることまで、全てエイスケの想定通りに進んでいる。

あとはこの先の質問を切り抜けるだけだ。そして、そのための小細工はすでに仕掛けてある。

「前科はない」真実《TRUE》。

「あなたの悪望能力を教えていただけますか?」

「俺は『不可侵』の悪役《ヴィラン》だ。透明なバリアを張って身を守ることができる」真実《TRUE》。

「人を殺したことはありますか？　または殺意を抱いたことは？」

「どちらもない。温厚な性格なんでね」真実《TRUE》。

「能力を使って誰かに重傷を負わせたことは？」

「ないね。そんなおっかないことはできない」真実《TRUE》。

「悪役対策局《セイクリッド》に入局した後にも殺人は犯さないと誓えますか？」

「誓えるが……意外だな。悪役対策局《セイクリッド》が狙《ねら》うような凶悪犯は生死を問わず《デッド・オア・アライブ》じゃないのか？」

「わたしたち第十二課テミスは、悪役対策局《セイクリッド》を構成する十二の課の中でも特別なのですよ。第十二課《テミス》のメンバーには不殺を誓ってもらっています」

「さっきおたくのアレックスくんに空から落とされましたけど⁉」

　しかし、第十二課、ね。ケイオスポリスに住んでいる悪役《ヴィラン》なら、悪役対策局《セイクリッド》の情報は嫌でも耳にすることになる。エイスケの知る限りでは、第十二課はここ一年ぐらいの間にできたばかりの新しい部署だ。ユウカの口ぶりからして第十二課《テミス》を作ったのはユウカのようだが、桜小路家の力を振ってまでやることが不殺の逮捕とは、随分と悪役《ヴィラン》に甘いように思えた。

　その後も矢継ぎ早に質問されるが、質問の意図について考えながらも、全て即答していく。

「あなたは悪役対策局《セイクリッド》に今後敵対するつもりはありますか？」

「いいや。俺があんたたちに敵対することは絶対に無いと誓おう」真実《TRUE》。

　数十の質問に答えたところで、ユウカは満足そうに頷いた。

「最後の質問です。あなたが抱いた悪望を教えてください」

おそらくこれが本命の質問なのだとエイスケには分かった。

悪望を語るという行為は、己の魂の形をさらけ出すことに等しい。己が何を願い、何を叶《かな》えようとして、何のために悪に堕《お》ちたのか。エイスケがどのような精神を宿した人間なのか、ユウカはこの問答で見極めようとしているのだ。

エイスケは目を閉じ、死んだ親友アルミロと、自身が抱いた願いを思い浮かべた。

「普通の日常を過ごしたい。『不可侵』は、その日常を守るための悪望能力だ」

そうだろう？　アルミロ。

ユウカは『暴きだす真実の水瓶』が真実《TRUE》を示すのを見届けたあと、エイスケに笑顔を向けた。

「素晴らしいです、エイスケさん！　悪役対策局《セイクリッド》はあなたを歓迎します！　ここまで適性のある方は初めてです！」

「どうも。悪いね、疲れただろう？」

「いえいえ、面談には慣れていますから」

「そうじゃなくってさ」

エイスケは首を振った。

「あんた、本当に悪役《ヴィラン》のことが嫌いなんだな。俺のことも殺したいほど憎いだろうに、笑顔を作って疲れただろう？」

ユウカの笑顔が凍った。エイスケはユウカと同時に、後ろの二人組の執事も観察する。老執事の反応は特に変わらず、銀髪の少女は少し俯《うつむ》いた。やはり老人のほうは手強《てごわ》そうだ。

「……そんなことはありませんよ」

虚偽《FALSE》。かろうじて吐かれたユウカの言葉も、『暴きだす真実の水瓶』によって即座に否定される。

先程までの明るい態度が嘘《うそ》だったかのようにユウカの表情が消えた。観念したかのようにため息をつくと、冷たい声色で毒突《づ》く。

「本能で動くサル以下の生物にしては勘が良いのですね」

「急に口が悪くなったな」

エイスケは思わず笑ってしまった。辛辣《しんらつ》な言葉だが、本音だろう。ケイオスポリスの住民としては、先程までの虚構が混じった会話よりも断然好ましい。

「あんた、そっちの態度のほうが似合ってるぜ」

「ありがとうございます。あなたも所詮《しょせん》は悪役《ヴィラン》。わたしの駒《こま》であることをお忘れなく」

エイスケは分かってるよ、とヒラヒラ手を振りながら部屋を出た。


エイスケが取り調べ室を出ると、執事の老人も一緒についてきた。

「お疲れ様でした。エイスケ様」

「悪いね。あんたのところのお嬢様をいじめちまった」

「いいえ。本音を悟られるユウカ様に非がありましょう」

スパルタだねえ、とエイスケは笑う。

「改めて、悪役対策局《セイクリッド》のエイスケ・オガタだ」

「ローマン・バトラーと申します。ユウカ様の執事をさせて頂いています」

ローマンは恭しく頭を下げると、申し訳無さそうに眉尻《まゆじり》を下げた。

「ユウカ様の態度にご気分を害されましたでしょうか？」

「いいや。悪役《ヴィラン》が嫌いな人間は珍しくない。態度なら俺も悪いしな。お嬢様はいつもあんな感じかい？」

「桜小路家のことを調べればすぐに分かることなので正直に申し上げます。ユウカ様はご両親を悪役《ヴィラン》に殺されているのです」

友人が悪役《ヴィラン》に殺されたことを打ち明けた時、妙な間があったのはそういうことか。ユウカにとっても他人事《ひとごと》ではなかったのだろう。

「悪役《ヴィラン》を嫌うわけだな」

桜小路ほどの大財閥の総帥が、治安維持組織の悪役対策局《セイクリッド》に時間を割いている理由も分かった。要するに私怨《しえん》で悪役《ヴィラン》の掃討に動いているわけだ。

「ケイオスポリスじゃあ良くある話だ。良くある話なんだが……」

エイスケは困ったようにうーんと唸《うな》る。

「エイスケ様はそういった話に弱いほうですかな？」

ローマンがニヤリと笑って問いかけてくる。食えない爺《じい》さんだ。ユウカの事情を話せばエイスケが味方につくと判断して追いかけてきたのだろう。

「ユウカ様のことを気にかけていただけると助かります。ユウカ様には一人でも多くの助けが必要なのです」

ローマンが深く頭を下げる。


これほど慕われているユウカを羨《うらや》ましく思う。


「お嬢様の事情は分かったよ。あまりいじめるようなことはしない。これでいいだろ？」

「ええ。よろしくお願い致します」

会ったばかりだが、ユウカのために動くこの老人のことをエイスケは少しばかり好きになりつつあった。

「お嬢様のことが好きなんだな」

「ええ。立派な方です。私も桜小路家の剣として誇らしく思います」

ローマンは誇らしげに胸を張った。

＊＊＊

エイスケの面談が終わったあと、アデリー・ソールズベリーもまた、悪役対策局《セイクリッド》の取り調べ室に連れ込まれていた。エイスケと違う点を挙げるとすれば、アデリーは厳重な拘束がされているうえに、シンリ・トウドウの悪望能力によって一切の抵抗ができない状態にされているということだ。

だらだらと冷や汗をかきながら、アデリーはユウカに懇願する。

「あの～わたくし、おうちに帰りたいのですが」

「大丈夫。悪いようにはしませんよ。あなたがわたしの言うことをちゃんと聞いてくれたらの話ですが」

「ひぃぃぃぃぃぃぃ」

ユウカの笑顔の圧に、アデリーは震え上がり、悪役対策局《セイクリッド》にはアデリーの悲鳴が響き渡った。

二章『燃焼』の悪役《ヴイラン》

ブラハード・バーンは十数人の末端ストリートギャング『バーナーズ』を従えている男だ。

ブラハードは何かが燃えるところを眺めるのが好きだった。

幼少の頃《ころ》から自分のお気に入りのおもちゃを燃やしては、密《ひそ》かに悦に入っていた。

ブラハードが『燃焼』の悪望能力に覚醒《かくせい》したのは十六歳の時だ。

ある日、凶獣に遭遇した。人間よりも大きい体躯《たいく》に凶悪な牙《きば》と爪。ぎょろりと六つの眼球に睨《にら》まれて、ブラハードは恐怖を覚えるよりも前に、ただ純粋に燃やしたいなと思った。その瞬間、ブラハードの近くに火球が現れて凶獣に向かって飛んでいったのを良く覚えている。

あれほどまでに幸福を感じた時間はそう無い。

燃え盛り悲鳴を上げる凶獣、焼ける脂肪の匂《にお》い、黒焦げになった死体。全《すべ》てがブラハードを興奮させた。

この至福を何度も味わうために、神はブラハードに『燃焼』の悪望能力を与えたのだ。そう思った。

欲望は留まるところを知らない。

さらに凶獣を燃やし、恍惚《こうこつ》の表情を浮かべ、次にもっと大型の凶獣を燃やし、絶頂し、しかし、徐々にそれだけでは物足りなくなっていった。

——人を燃やそう。

この街では俺よりももっとクズな悪役《ヴィラン》が好き放題に暴れている。

どうして俺だけが我慢する必要がある？

燃やしたい、燃やしたい、燃やしたい。

人間を燃やしたくて仕方がない。

ある日、通りかかった少女を見て、ただ純粋に燃やしたいなと思った。

その少女を選んだことに理由は無い。強いて言うなら、自分の中の悪望が、燃やせと囁《ささや》いたのだ。

少女の泣き声は、凶獣を燃やした時よりも最高だった。

初めに指を燃やし、足を燃やし、腹を焼け焦がし、最後に顔を火球で覆った。

俺はただこれをするためだけに生まれてきたのだ。そう思った。

欲望は留まるところを知らない。

一人燃やしただけでこんなにも幸福を感じるのだ。ならば、街全てを燃やしたらどうなる？

燃やしたい、燃やしたい、燃やしたい。

全てを燃やしたくて仕方がない。

ブラハード・バーンはどうしようもなく悪役《ヴィラン》だった。

ブラハードにとって、この世のものは全て自分が燃やして楽しむためだけに存在している。

ある日、奇妙な男に出会った。顔も、露出した腕も、全ての肌が古傷だらけの男。よく観察すれば古傷だらけの肉体は鍛え上げられているのが分かった。

「ブラハードちゃん、あなた良いわあ。この世を暴力《アイ》で満たすため、あなたに協力してあげる」

剣呑《けんのん》な見た目に反して、優しげな口調で話しかけてくる男に、ブラハードは戸惑う。

「てめえ、何者だ?」

「あら、あたしが誰かだなんてどうでも良いじゃない。あたしたち悪役《ヴィラン》にとって大事なのは、悪望をどうやって叶えるか。ただそれだけでしょう?」

「……まあ、そうだな」

違いない。ブラハードは男の言葉に納得した。

他の何よりも自分の悪望を優先するからこそ、俺たちは悪役《ヴィラン》なのだ。

「だからね、ブラハードちゃん。あなたに良いモノをあげるわ」

傷顔の男にケースを渡される。開くと、中には数本の注射器が入っていた。

「ドラッグか?」

「そうよ、あたしはレミニセンスって呼んでるわ。あなたの悪望能力を強化する、とっても素敵なおクスリ」

「こいつが……」

『バーナーズ』の連中が、悪望能力を強化するドラッグの噂話をしているのを聞いたことはあった。

ブラハードはその話を聞いた時は一笑に付したが、目の前の男が差し出してきたドラッグから何故か目を離すことができない。強化ドラッグ、本当にそんなものがあるのなら、ブラハードの悪望には必要なものだ。

黙ってブラハードがドラッグを受け取ると、傷顔の男は笑みを浮かべた。

「それと、あともう一つプレゼントがあるの。あたしの『暴力《アイ》』をあなたに分けてあげる」

「あ？　……ぐっ」

傷顔の男が指で軽くブラハードに触れると、瞬間、ブラハードの全身を焼けるような情動が駆けめぐった。今までの欲望が全て嘘《うそ》だったかのような強烈な『燃焼』の悪望。

ブラハードの瞳《ひとみ》が赤く染まる。もっとデカい獲物を燃やさなくては到底我慢できそうにない。

「本当はもっと燃やしたいのに、悪役対策局《セイクリッド》に目をつけられるのが嫌で理性で抑えているのよね？　そんなのダメよう。悪役《ヴィラン》はもっと自由でなくちゃ」

傷顔の男はパチリとウインクする。

ああ、そうだ。この男の言う通りだ。ブラハードがひっそりと少女を燃やすだけで留まっているのは、この街に巣食う正義気取りの連中が邪魔だからだ。

「悪役対策局《セイクリッド》。燃やしたら気持ち良いんだろうなあ、おい」

『燃焼』の悪役《ヴィラン》はその快感を想像して静かに嗤《わら》った。


去っていくブラハードを笑顔で見送ると、傷顔の男は振り返った。そこには誰《だれ》もいないが、男は気にせずに話しかける。

「さあて、これから忙しくなるわよう。レミニセンスのデータを取って能力濃度の調整もしなくちゃならないし、悪役対策局《セイクリッド》のお嬢ちゃんへの対策も考えなきゃね」

傷顔の男は高揚していた。世界を『暴力《アイ》』で満たすために、やるべきことは沢山ある。

「あなたにも色々手伝ってもらうわよ。だから、まずはね」

傷顔の男は姿を見せない人物に嗤って話しかけた。

「まずは、悪役対策局《セイクリッド》第十二課の情報、頂きましょうか」

＊＊＊

今日、エイスケが好きなものに目覚まし時計が加わった。

目覚まし時計が鳴るのを聞いてエイスケは目を覚ました。ベッドから手を伸ばして探り、目覚まし時計のアラームを止める。この目覚まし時計は悪役《ヴィラン》用にチューニングされた特別製のもので、多少乱暴に扱っても壊れない頑丈な作りになっている。

「おお。なんかいいなこれ。普通っぽい」

裏社会の日雇いの仕事は、夜の時間のものが多い。朝に寝ては起きたら夕方の生活を繰り返していたエイスケとしては、なんだか目覚まし時計で朝に起きて出勤するというのは、こう、かなりこみ上げてくるものがある。凶獣のクロエちゃん探しと比べたら、定職について安定している感じがする。

エイスケは鼻歌まじりに自宅のアパートを出ると、近場のパン屋で朝食用のパンを買う。顔見知りのパン屋の娘が、焼き立てのパンをエイスケに差し出しながら不思議そうな顔をした。

「珍しいわね」

「朝に顔を出すことが？」

「パンを買うお金があることが」

「ハッ、驚くなよ。定職についたんだ。今日から出勤さ」

冗談だと思ったらしい娘がコロコロと笑った。エイスケは肩をすくめてパン代を払うと、そのままパンをかじりながら歩き出す。いつもタダ同然で貰《もら》っている廃棄予定のパンに比べると、焼き立ては断然美味《うま》い。

そのままエイスケは悪役対策局《セイクリッド》のオフィスに向かう。第十二課《テミス》のオフィスはエイスケの自宅から徒歩でいける範囲にあり、車や電車を使わなくても通勤できそうだ。

パンを食べながら歩くエイスケに、顔見知りが声をかけてくる。「よう、エイスケ、朝に起きているとは珍しいな」「槍《やり》でも降るんじゃないか」「エイスケ、今から飲みに来いよ。良い酒が手に入ったんだ」話しかけてくる連中、一人一人にエイスケは律儀に返事をする。飲みの誘いに対しては「悪いね、今から仕事なんだ」と返すと、ガハハと笑いが巻き起こった。釈然としないものを感じながらもエイスケは遅刻しないように足早に歩く。

第十二課《テミス》のオフィスまであと少しのところにも、知り合いがいた。靴磨きを営むストリートチルドレンだ。

「よーう、エイスケ、靴磨いていけよ」

「馬鹿言え、靴なんて履けりゃあ充分だ」

靴磨きの少年はにっこりと笑って第十二課《テミス》のオフィスを指差す。

「知らないのか？　そこで働いてる旦那《だんな》、身だしなみにうるさいんだぜ」

「………やっぱり頼もうかな」

確かに一人、そういう悪役《ヴィラン》がいたのを思い出す。初日ぐらいはこちらも気を使っても良いかもしれない。エイスケは少年に靴磨きを頼むと、好きなパンについて話し始めた。

エイスケは、こうやって誰かと笑いながら喋《しゃべ》って過ごす、普通の日常とやらが嫌いではない。

エイスケに顔見知りが多いのは、エイスケ自身に人徳がある訳ではなく、親友が優しい奴《やつ》だったからだ。誰彼構わずに人を助ける親友を手伝っているうちに、いつの間にかエイスケを慕う人間が増えていたのである。親友から貰ったものは多い。

だから、俺は。

エイスケは首を振った。今考えるべきことではない。靴磨きが終わって第十二課《テミス》のオフィスに着くと、守衛に悪役対策局《セイクリッド》の手帳を見せてエイスケは門をくぐった。

「待っていたぞ。エイスケ」

エイスケが悪役対策局《セイクリッド》のオフィスに出勤すると、早速シンリ・トウドウに声をかけられた。シンリは自席で何かの書類を読んでいる。シンリの席はオフィス全体を見渡せるような位置にあった。

「よう、シンリ。なんだかお偉いさんみたいな配置の席だな」

「実際に偉い。私は第十二課《テミス》の課長だ」

「……あー、失礼、ボス。本日から配属になりましたエイスケ・オガタです」

そういえばこの前たしかに〝課長〟と名乗っていた。あの日は初対面の人間に会いすぎてすっかり忘れていた。

「かしこまらなくてもいい。悪役対策局《セイクリッド》にはスラム出身の悪役《ヴィラン》も多いからな。はじめからマナーには期待していない」

「そう？　そう言ってもらえると助かるね」

エイスケはあまりまともな仕事についたことがない。礼儀正しい振る舞いは苦手だった。シンリはサッとエイスケの全身に視線を巡らせると、感心したように呟《つぶや》いた。

「足元にも気を配っているとは感心だな」

「そうだろう？　けっこう気を使うほうなんだ」

上司の機嫌を損ねなかったようでホッとする。靴を磨いておいて助かった。

「しかし服にパンくずがついているぞ。それと新品の歯ブラシがあるからそこで歯を磨いてこい」

助かってなかった。

エイスケは歯を磨いてから改めてシンリの席に戻った。意趣返しにこちらからも何か言ってやりたいところだが、あいにくとシンリの身だしなみは完璧《かんぺき》だ。強いて言うのなら。

「あー、シンリ。髭《ひげ》を生やすとは、ちょっとだらしないんじゃあないか？」

「これか？　これはまあ、ジンクスのようなものだ」

「………？」

シンリの不思議な反応に首を傾《かし》げる。初日から噛《か》み合わない。上手《うま》くやっていけるか不安だ。シンリは顎髭《あごひげ》を撫《な》でながら笑うと、エイスケに問いかけた。

「初出勤の感想はどうだ？」

これについてはエイスケの中で旬な話題がある。

「目覚まし時計って良くないか？」

「分かるぞ」

シンリが深く頷《うなず》く。上手くやっていけそうだ。

「分からない」

首を横に振りながら金髪の小柄な少年が話しかけてきた。自称『正義』の悪役《ヴィラン》、ハル・フロストだ。

「エイスケ、本当に悪役対策局《セイクリッド》に入局できたのか」

「まあな。よろしく頼む、ハル。見ろよ、この腕章」

エイスケはジャケットにつけた悪役対策局《セイクリッド》の腕章を引っ張って、得意気にハルに見せる。エイスケはこの腕章がなかなか気に入っていて、昨日《きのう》も一人でニヤニヤと眺めていた。なんというか組織に所属している感じがあって、普通で良い。

「すぐ破けるから外したほうが楽だぞ、それ」

「どうしてそういうこと言うの⁉」

「ハル先輩はよく動き回るでありますからね」

エイスケとハルの会話に加わってきたのは、エイスケより頭一つは大きい白髪の男だ。

「アレックス・ショーであります。ハル先輩のバディを務めています。よろしくお願い致します」

「……エイスケ・オガタだ。よろしく」

握手を求めてくるアレックスに応じる。礼儀正しい態度だが、エイスケはアレックスに空から落とされたことを忘れていない。アレックスは全く気にしている様子はなく、その事をすでに忘れていそうな気配すらある。悪役対策局《セイクリッド》の局員にとっては日常茶飯事ということかもしれない。それはそれでメチャクチャ嫌だ。

気にしていても仕方がなさそうだ。気を取り直すと、エイスケはシンリに指示を仰いだ。

「それでシンリ、今日は何をすればいいんだ？」

初日は何らかの手続きをするのかと思っていたので、エイスケはシンリの返答に度肝を抜かれた。

「エイスケ、早速だが仕事だ。メイソン・ヒル地区で殺しがあった」

「おいおい。新人遣いが荒いな」

シンリが、死体の写真が貼られた書類をエイスケに寄越してくる。真っ黒に焦げた焼死体だ。惨たらしい写真にエイスケが顔をしかめていると、ハルが横から覗《のぞ》いてくる。

「発火能力《パイロキネシス》を持つ悪役《ヴィラン》か」

そう、悪役対策局《セイクリッド》に話が回ってきたということは、ただの殺人ではない。つまり、この写真の人間は何らかの悪望能力によって殺されたということだ。

ケイオスポリスでは発火能力を持つ悪役《ヴィラン》は珍しくない。何かを燃やしたいという欲求は、人類にとって普遍的な欲望なのだろう。

「いいか、エイスケ。人間には正しい状態を保ち続けるための心の芯《しん》が必要だ。すなわち、『秩序』だ。この殺しを行った人間は、心の中の秩序を失った。我々が正してやらなければならない」

「ハハハハ。おいおいハル。悪役《ヴィラン》が秩序だってよ」

シンリの冗談に笑うが、ハルはやめとけというジェスチャーでエイスケをたしなめる。シンリが生真面目《きまじめ》な表情を保っているのに気付き、エイスケはようやく冗談では無いことを悟った。

「私は真面目《まじめ》な話をしている」

「ああ、まあ、そうだな。秩序は大事だ」

気まずい雰囲気に耐えかね、エイスケは資料の先に目を通す。悪役《ヴィラン》が秩序を語るなど笑い話にしか思えないが、シンリは本気だ。つまり、シンリの悪望はきっと『秩序』とやらに関係するモノなのだろう。悪役《ヴィラン》の悪望はすなわち自己の魂に等しい。笑い飛ばせば戦争になりかねない。エイスケは一言多いと親友によく注意されていたことを思い出した。気を付けなければならない。

資料を読み進めていくと、エイスケの想像していた以上に悪役対策局《セイクリッド》の調査班は有能であることが分かった。

「なんだ、もう犯人は分かってるのか」

資料には顔写真付きで犯人の名前と悪望能力の詳細が載っていた。

写真には顔中にピアスをつけたスキンヘッドの凶悪そうな男が写っている。

『燃焼』の悪役《ヴィラン》、ブラハード・バーン。

悪望深度はC。メイソン・ヒル地区で十数人程度の小規模ストリートギャング『バーナーズ』を従えている男だ。

「まさかとは思うが、こいつを一人で捕まえてこいって話じゃあないよな？」

凶獣探しの次は凶悪焼殺犯の逮捕ときたか。エイスケの疑問にシンリが答える。

「本来であれば悪望深度C以上の悪役《ヴィラン》の相手を新人に任せることはないのだがな。最近は第十二課《テミス》の管轄で事件が多くて人手が足りない。エイスケにも働いてもらう」

「安心しろよ、エイスケ。優秀な上司が一人で解決してくれるさ。誰だと思う？　ヒントは『正義』」

エイスケは絶望的な顔つきでハルのほうを見た。

「今回の案件はハルとエイスケで組んでもらう。エイスケ、緊張しているようだが心配するな。ハルは性格はアレだが、戦闘のみに限って言えば腕は確かだ」

「僕のような聖人を捕まえて性格がアレとは許せない物言いだな、シンリ」

緊張で顔をこわばらせているわけでは断じて無い。だが、アデリーとの一戦を見る限り、ハルの実力が間違いないのは確かだ。

「ちょっと待ってください！　ハル先輩は次の案件で自分とバディを組む予定では!?」

「その話はいったん白紙にしよう。アレックスはディルクと組んで別件を調査してくれ」

アレックスが抗議の声をあげるが、シンリはつれなく返事をする。アレックスがその場に膝《ひざ》から崩れ落ちた。なんだか気まずい。というか、まだバディじゃなかったのか……。同僚と上手くやっていけないとエイスケが困るので、謝っておくことにした。

「あー、なんだか悪いね」

「いえいえ。お気になさらず」

アレックスは柔和な笑顔を作る。思っていたよりも気にしていなさそうなのでエイスケがホッとしていると、アレックスはそのまま言葉を続けた。

「殉職すれば、バディは解消されるでありますね……？」

「おいシンリ！　あんたの部下の教育どうなってるんだ！」

「軽いじゃれ合いだ。気にするな。エイスケとハルも互いに自己紹介を頼む」

シンリの声は諦《あきら》めに近いトーンだった。いちいち注意していては身がもたないのだろう。殺害予告に近い発言も、悪役対策局《セイクリッド》ではちょっとしたジョークとして流されることに戦慄《せんりつ》しながら、エイスケはハルと握手を交わした。

「『不可侵』のエイスケ・オガタだ。よろしく」

「僕はハル。ハル・フロスト。『正義』の悪役《ヴィラン》だ」

ハルが名乗ると同時に空中に光の粒子が集まり、剣の形に収束する。

『正義』を執行するために武器を具現化する悪望能力。

ハルは慣れた動作で剣を手に取ると、そのままエイスケに突きつけてくる。

「エイスケ、先に言っておくが、僕の前でむやみに悪望能力を使うなよ。君の『不可侵』がどういう悪望かは知らないが、その能力で誰かに危害を加えるようなら、この正義斬殺剣が容赦はしない」

殺害予告の次は、実際に凶器を突きつけられる。エイスケはこれが悪役対策局《セイクリッド》なのだと諦めに近い心境になってきた。肩をすくめてハルに応じる。

「分かってるよ。だがハル、一つだけ言わせてもらうが、ネーミングセンスが最悪だぜ」

「え？　なんでだ、正義斬殺剣、格好良いだろ。その通りだと言え」

「……ああ、まあ、その通りだな」

「パワハラはやめろ、ハル。エイスケも間違っていると思ったら間違っていると言っていい」

「え？　格好良いよな？　正義斬殺剣」

ハルの言葉に全員が目を逸《そ》らした。


「早速出かけるぞ」

ハルの一声と共に、エイスケは外に連れ出されていた。

エイスケはハルと一緒に目的地に向かって歩きながら、悪役対策局《セイクリッド》第十二課についてレクチャーを受ける。ケイオスポリスは賑《にぎ》やかな街だ。多くの人が行き交う喧騒《けんそう》の中、エイスケたちの会話なんて誰《だれ》も気にしていない。

「僕たちの今回の目的は『燃焼』の悪役《ヴィラン》、ブラハード・バーン。メイソン・ヒル地区で十六歳の少女を焼き殺した殺人犯だ。さて、僕ら悪役対策局《セイクリッド》は、こいつをどうするために今動いているか、分かるか？　エイスケ」

エイスケは小考したあと、正解を導き出した。

「普通なら凶悪な悪役《ヴィラン》は殺す。だが第十二課《テミス》なら捕らえる、だよな」

「そうだ。ブラハード・バーンには既に懸賞金がかけられていて、条件は生死を問わず《デッド・オア・アライブ》。悪役対策局《セイクリッド》の方針は逮捕が困難なら殺害せよ、だが、第十二課《テミス》の方針は違う。エイスケ、君に求めることは一つだ。事件の調査中に戦闘になっても、絶対に誰も殺すな」

ユウカとの面談でも念押しされたことだ。第十二課のメンバーは全員不殺の誓いをしている。

「それは別に構わないんだがな。焼殺犯と命のやり取りをするかもしれない組織が、不殺とは余裕があるな。理由を聞いてもいいんだろうな？」

エイスケのもっともな疑問に、ハルが説明を始める。

「一から説明するとだな。悪望能力は、その人間が抱いた強い願いを叶《かな》えるために顕現する。例えば、『何かを燃やしたい』という想《おも》いを抱いた人間が、『燃焼』の悪望能力に目覚めるように。それは分かるな？」

「俺も悪役《ヴィラン》だからな。悪望能力については理解しているさ」

その悪役《ヴィラン》が最も欲した願いを叶えるために顕現するのが悪望能力だ。一人の悪役《ヴィラン》に与えられる悪望能力は唯一つ。

「そして、悪望能力は、願いを叶えるために使う時に最も出力が上がる。大事なのは状況だ。当然、逆も有り得るからな。悪望能力は、願いを叶えない状況で使う時には出力が下がるんだ」

ああ、なるほどね。エイスケにはハルが言わんとしていることが分かってきた。エイスケの悪望は状況を選ばない性質だが、ハルの『正義』は違う。

「『正義』の悪望。それで不殺って訳だ」

「そうだ。端的に言って、味方に殺人を犯す人間がいると、僕が萎《な》える。その状況は正義じゃないからな。『正義』の悪望能力が使えなくなるんだ」

アデリーとの戦いで『正義』の悪望能力を見たときは最強に思えたものだが、そこまで便利なものでは無いらしい。

繊細な感性だなとエイスケは思った。ハルの『正義』の悪望能力は強力なものだが、随分とピーキーな性能だ。自分に大義がある状況でしか使えない悪望能力で、このケイオスポリスでよく今まで生きてこられたものだ。

それに、不殺の疑念が解けたことによって新たな疑念も湧《わ》いてくる。第十二課《テミス》の不殺の誓いは、ハルにとって都合が良すぎる。あの悪役《ヴィラン》嫌いのユウカ・サクラコウジに肩入れされるほどの理由が、ハルにあるのだろうか。

そしてもう一点。

「なんで不殺なのに悪望能力で出した剣の名前が正義斬殺剣なんだよ」

「格好良いからだ」

「……」

「正義斬殺剣、格好良いだろ。その通りだと言え」

「……ああ、まあ、その通りだな。なんというか、『正義』って感じだ」

悪役《ヴィラン》との会話で大事なのは相手が何を否定されると怒るのかを探っていくことだ。ただでさえ先程シンリを怒らせかけたばかりである。今のところはハルに合わせておいたほうが良いだろう。

「ところで、俺たちはどこに向かってるんだ？　ブラハードの犯行現場とは方向が違うみたいだが」

エイスケは非常に嫌な予感を覚えていた。ケイオスポリスで暮らす人間なら近づいてはならない組織や建物を記憶しているものだ。この辺りはとある巨大犯罪組織の根城に近い。

「目的地に着いたぞ」

ハルは一つの建物の前に立つと、堂々と指をさした。

エイスケは大通りに面した高層ビルを見上げて愕然《がくぜん》とした。

「ヨーヨー・ファミリーの本拠地ビル！　マフィアじゃねえか！」

ヨーヨー・ファミリーはメイソン・ヒル地区を支配下に収めているマフィアだ。『少女愛』の悪役《ヴィラン》、ウーロポーロ・ヨーヨーが率いている悪名高い犯罪組織。マフィアの中でも特に武力集団として広く知られており、ヨーヨー・ファミリーの拠点はケイオスポリスで近づいてはいけない場所の五本指には入る。

そんな危険なマフィアが堂々と表立って拠点を構えている時点で、この街の治安は推して知るべしといったところである。

まさか乗り込むつもりじゃないだろうな？　恐怖で震えるエイスケにハルがトドメを刺す。

「僕たちが追っている『燃焼』の悪役《ヴィラン》ブラハード・バーンの情報を集めたいからな。蛇のことは蛇に聞くのがてっとり早い」

「正気か？　正義は失われたのか？」

「勘違いしてるようだけどヨーヨー・ファミリーは悪役対策局《セイクリッド》と協力関係にある治安維持組織だよ」

マフィアが？　にわかには信じがたい話である。

「ユウカやシンリはこの件を把握しているんだろうな？」

「当然。悪役対策局《セイクリッド》は了承済みだよ。僕らは悪役《ヴィラン》を捕まえるためなら使えるものはなんでも使うからな。ほら、入るぞ」

「じゃあ俺は外で待ってるから……ちょ、引っ張るなって、というか力強……!?」

ハルにズルズルと引きずられながら、エイスケはヨーヨー・ファミリーのビルに入っていく。ビルの中はスーツを着た強面《こわもて》たちでいっぱいだった。見た目からは分からないが、この中には恐らく悪役《ヴィラン》もいるだろう。身長の低いハルがエイスケを引きずり回している絵面に、強面たちの戸惑うような視線が集まった。

「ひぃぃ」

マフィアの注目を集めて泣きべそをかくエイスケに構わず、ハルは臆《おく》することなくエントランスホールを突っ切ると、受付の中にいる強面に話しかけた。

「ウーロポーロ・ヨーヨーはいるかい？　ハル・フロストが来たと言えば分かる」

「ああっ？　……ちょっと待ってろ」

受付の強面はこちらをちらりと見ると、ウーロポーロに連絡を始めた。というかハルの口ぶりからして、アポイントメントは取ってなさそうだな。大丈夫だよな？　この場でフクロにされないよな？

エイスケが震えながら待っていると、受付の男がウーロポーロとのやり取りを終えた。受付の男はアゴをクイッと上げるジェスチャーをして言った。

「エレベーターで最上階に上がれ。ウーさんがお待ちだ」


エイスケとハルはビル最上階の豪奢《ごうしゃ》な部屋に通された。

マフィアのボスの部屋といえばこんな感じだろうというイメージそのまんまの部屋だ。

高級そうな家具がところどころに配置され、部屋の真ん中にはどでかいソファとテーブルが鎮座している。

そのソファに、『少女愛』の悪役《ヴイラン》ウーロポーロ・ヨーヨーは座っていた。

穏やかな笑みを浮かべた長身痩躯《そうく》の男だ。眼光こそ鋭いが、それでも一目見ただけではマフィアのボスだとは全く分からない。

「やあやあ、よく来たネ、ハル。座りたまえヨ」

「久しぶりだな。ウーロポーロ」

エイスケとハルは勧められるがままにソファに身を沈めた。

「良い茶葉が手に入ったんダ。ゆっくりしていきたまエ」

「ああ、これはご丁寧にどうも」

エイスケとウーロポーロは初対面だが、ウーロポーロはエイスケのほうには全く顔を向けずにハルに話しかけている。エイスケにはあまり興味が無いのだろう。

エイスケは目立たないように縮こまりながら、早くこの時間が終わってくれと祈った。生きた心地《ここち》がしない。震える手で差し出されたカップを取り、紅茶を飲む。

ウーロポーロは見た目だけは優男だが、内実はケイオスポリスの中でも一、二を争うほどの実力を持った悪役《ヴィラン》だ。『少女愛』の悪役《ヴィラン》を怒らせて、この街にいられなくなった悪党どもの噂《うわさ》は事欠かない。

少女に対して滅法甘い一方で、少女を傷つけた人間に対しては容赦の無い追い詰め方をする悪役《ヴィラン》。それがウーロポーロの巷《ちまた》での評判だった。

この部屋には十人程度の男たちが護衛として壁に沿って立っていたが、これがたとえ千人だったとしてもウーロポーロ唯一人のほうがよほど怖い。

ハルも早く終わらせたいのだろうか、早速用件を切り出す。

『燃焼』の悪役《ヴィラン》ブラハード・バーン。あんたの支配下の地域で起きた殺人事件の犯人だ。知ってるだろ？　悪役対策局《セイクリッド》が追っている。居場所を知ってたら教えて欲しい」

「構わないヨ。ワタシとしても助かる話だネ」

ウーロポーロは優しく微笑《ほほえ》むと、快く承諾してくれた。エイスケはホッとした。ウーロポーロには初めて会ったが、想像していたよりも話の分かる悪役《ヴィラン》のようだ。どうやらあまり話がこじれずに進みそうだ。

しかし、こうやって安堵《あんど》した時にこそ問題はやってくるものである。

「ただし、条件があるのサ」

「条件？」

瞬間、何も起きていないのに、部屋の温度が数度下がったような感覚を覚えた。目の前の悪役《ヴィラン》が放つ殺気が、エイスケに恐怖を抱かせている。ウーロポーロが殺気を向けているのはハルのほうだというのに、だ。

考えてみれば当たり前の話だった。ブラハードが焼き殺したのは十六歳の少女だ。

つまり、『少女愛』の悪役《ヴィラン》ウーロポーロ・ヨーヨーは非常に怒っている。

「ブラハード・バーンは殺したまエ。それが情報提供の条件だヨ」

「…………あ？」

『少女愛』の悪役《ヴィラン》の怒りに、『正義』の悪役《ヴィラン》もまた怒りで応《こた》える。

「聞き間違いかな？　ウーロポーロ・ヨーヨー。もう一度言ってくれると助かるんだが」

「ブラハード・バーンは殺せ」

ウーロポーロは微笑んでこそいるが、漏れる殺気は隠しきれていない。

「ハル、ワタシは比較的温厚な悪役《ヴィラン》ダ。多少のおイタは気にしないし、これがただの殺人だったらキミに一任していただろウ。好きに逮捕してブタ箱にぶち込めばいいサ」

それが、ハルの望んでいた展開だったのだろう。ヨーヨー・ファミリーから情報を提供してもらい、ブラハードを逮捕する。しかし、そう上手《うま》くはいかない。

「だが、この件は駄目ダ。少女殺しだけは駄目ダ。ワタシの庭で、この『少女愛』の悪役《ヴィラン》の庭で舐《な》めた真似《まね》をした以上、命をもって贖《あがな》ってもらうしかなイ」

「なるほどなるほど、あんたの言い分は分かった。僕も悪役《ヴィラン》だ、自分の悪望を踏みにじられた時の気持ちは分かるさ」

ハルは言葉では肯定しているが、その怒りの表情から、断るつもりなのが手にとるように分かる。『少女愛』の悪役《ヴィラン》は少女が殺されたことに怒っているし、『正義』の悪役《ヴィラン》は殺人そのものに怒っている。ウーロポーロとハルの立ち位置は似たようなものだったが、目的の面で完全に対立している。

一触即発の事態にエイスケは冷や汗を流しながら、ここは譲歩する場面だなと思った。

ヨーヨー・ファミリーは末端まで含めれば数千人規模の組織だ。ウーロポーロ自体、その悪望能力でケイオスポリスの一区画を吹き飛ばしたこともある最強格の悪役《ヴィラン》である。その悪役《ヴィラン》を怒らせるなど正気の沙汰《さた》ではない。

「あー、悪いね、ウーロポーロの旦那《だんな》。ハルにはあとから言って聞かせるからさ」

「エイスケ、黙っていてくれ」

「はい」

ハルに睨《にら》まれてエイスケはすごすごと引き下がった。ハルはハルでプライドの高い悪役《ヴィラン》だ。エイスケに制御はできそうにない。

「あんたの気持ちは分かっているつもりだが」

ハルはそう前置きしてから、ウーロポーロを睨みつける。

「殺人は断る」

「……何故《なぜ》かネ？」

「何故か？　何故かと言ったか？　ウーロポーロ。よりにもよってこの『正義』の悪役《ヴィラン》に向かって殺人を犯せとはよく言えたものだな。いいか、どんな罪でも償うことはできるんだ。犯人を殺すべきじゃない」

「この街では重い罪を犯した悪役《ヴィラン》を殺害するのは認められているんだがネ」

「知ったことか。僕が『正義』だ」

ふう、とウーロポーロはため息をついた。いらついたようにこめかみを指でトントンと叩《たた》く。その仕草を見てエイスケはびくりと震えた。

もちろん、ウーロポーロは本当に怒っている訳ではない。これは彼なりの優しさで、翻訳するとこうだ。キミはマフィアのボスを怒らせようとしているゾ、発言を撤回しろ。

頼むぞ、撤回してくれ。エイスケは祈るような気持ちでハルを見つめるが、小柄な少年は獰猛《どうもう》な笑みを浮かべるばかりだ。

「もう一度言う、ブラハード・バーンは殺せ。キミが断れば、この部屋にいるワタシの部下がキミたちを襲ってしまうかもしれないイ。それでも断るかネ？」

「断るね」

「ヨーヨー・ファミリーは数千人規模の組織だゾ。キミが断れば、それら全員がキミたちの命を狙《ねら》うことになるかもしれない。それでも断るかネ？」

「断るね」

「ワタシは悪望深度Ｓの悪役《ヴイラン》だ。キミが断れば、この街の最強の悪役《ヴイラン》を敵に回すことになる。それでも断るかネ？」

「断るね」

エイスケは諦《あきら》めて天井を見上げた。遺書を書いておくべきだったか。

「断るとも。断るともさ、ウーロポーロ・ヨーヨー。僕は悪役《ヴイラン》、『正義』の悪役《ヴイラン》なんだ。感情と理性を天秤《てんびん》にかけて、今回は危険なので悪望は諦めます、なんてまっとうな判断が出来ないから、こうして脳みそぶっ壊れたまま生きてるんだよ。悪役《ヴイラン》とは、己の悪望に忠実に生きる者だ。そして、それが僕だ」

つまるところ、ハルはそういう生き物なのだろう。自身の『正義』の悪望が踏みにじられるぐらいなら死を選ぶのだ。いくら悪役《ヴイラン》であっても命の危険があれば妥協すべき場面はあるはずなのに、ハルはそうしない。

ハル・フロストの『正義』は決して折れない。

ハルをよく見ると緊張の色が見て取れたが、それでもハルは啖呵《たんか》を切った。

「次に僕に殺人をしろなんて言ってみろ。お前ら全員ぶち殺すぞ」

「矛盾してるぞおい」

エイスケのツッコミは無視されたが、そこで初めてウーロポーロはエイスケに気付いたかのように、エイスケのほうを見た。

「キミ、ハルを説得してくれないかナ？　ハルが意見を変えなければキミも死ぬことになるガ」

ウーロポーロの殺気を受け、エイスケは震えた。

困ったことに、今のやり取りを見てエイスケはハルのことが気に入ってしまった。理不尽に涙をこぼすことが多い街だ。こうやって自分より強大なものに真正面から歯向かっていく人間は、見ていて気持ちが良い。

これは死ぬかもな、と思いながら、エイスケはウーロポーロに真っ向から目を合わせて答える。

「ウーロポーロの旦那。俺はハルと知り合って日が浅いが、こうなったらハルは止まらなそうだ。だから、俺も、止まらない。こう見えてハルとバディを組んでいるんでね」

意外な返答だったのだろうか、ハルは目を丸くすると、それから満面の笑みを浮かべてエイスケの背中をバンバン叩いた。

「エイスケ、なかなか分かってるじゃないか！　悪をバッタバッタ倒してから死のう！」

「死にたくはねえなあ……」

エイスケの言葉を聞いてウーロポーロが黙り込むと、そのまま、十秒、二十秒と経過していく。

じわりと汗がエイスケの肌を伝う。死の予兆を聞き逃さないよう、神経をすり減らす。

一分ほど経《た》ったところで、ウーロポーロがその口を開いた。

「うーん、まあ仕方ないナ。ブラハードは逮捕でいい」

部屋の壁に沿って立っている護衛の男たちがざわつく。ウーロポーロが折れるとは思っていなかったのだろう。エイスケにとっても意外だった。ハルにとってもそうだったのだろう、疑念の声でウーロポーロに問う。

「随分簡単に折れるじゃないか。何を企《たくら》んでいる？」

「何も。シンプルな話だヨ」

ウーロポーロは苦笑した。

「ワタシは『少女愛』の悪役《ヴィラン》。ワタシにとっては少年も少女みたいなものだからネ。こういう少年同士の友情に弱いんダ」

「「……え？　こわっ」」

この部屋に来てから、一番身の危険を感じる発言だった。仮にエイスケがもっと年を重ねていたら、少年じゃなくて青年だから殺されていたのか？　怖くて聞けない。

エイスケが怯《おび》えていると、護衛の一人が不満の声を上げた。

「ちょっと待ってくれボス！　納得がいかねえ！」

声を上げたのは、部屋の端で待機していた護衛の男だった。丸々と太っているが、縦にもデカい巨漢だ。

「俺たちのボスが、悪役対策局《セイクリッド》に脅されて意見を変えるなんてあるかよ！　勘弁してくれボス！」

ハルがちらりとウーロポーロ・ヨーヨーのほうを見た。

「だそうだけど？」

「うーん、脅されて意見を変えた訳ではないのだがネ」

ウーロポーロは苦笑する。

当たり前である。正面から戦闘すればエイスケが十人いてもウーロポーロには及ばない。卑怯《ひきょう》な打倒手段はいくつか思いつくが、ハルが許さないだろう。とにかく、今はウーロポーロが情けをかけて意見を変えてくれた図式だ。

ウーロポーロと彼の部下の意見の対立だ。ここは素直にウーロポーロに任せたほうが良いだろう。エイスケが何か意見を出しても余計にこじれるだけである。……そう思っていたのだが。

「こんなチビ助、俺が叩き出してやりますよ！」

「誰《だれ》がミジンコ矮小《わいしょう》ドチビだって？　ああ⁉」

「いや、そこまでは言ってねえけどよ……」

巨漢の何気ない挑発に、ハルがブチ切れた。

「これは断じて嫉妬《しっと》ではないけど、僕の経験上、身長が高いやつはそれを鼻にかけて傲慢《ごうまん》になる傾向があるんだよなあ！　『正義』の名の下に断罪しなくてはならない！　そうだよなあ、エイスケ⁉」

「いや、それ本当に『正義』か……？」

ウーロポーロに殺人を要請された時の十倍ぐらい怒っているハルにエイスケはドン引きする。身長を気にしていたのか。この件でハルをいじるのは止めておこう。

「おいウーロポーロ！　意見が対立した時はここでは何で決めてる？」

「ボクシング、コイントス、アームレスリングあたりだネ。おいおい、この部屋で流血沙汰はやめてくれヨ」

「デカブツ、決めさせてやるよ。僕が勝ったら金輪際文句はつけるな」

「決めさせてやるう？　ガハハ、後悔するなよ！」

巨漢が選んだのはアームレスリングだった。

身長150センチメートルぐらいのハルに対して、巨漢は2メートル以上はある。向かい合うと体格差は歴然だ。エイスケは心配しながらハルに囁《ささや》いた。

「おいハル、大丈夫か？　代わろうか？」

「心配しなくていい。悪役《ヴイラン》は悪望能力に目覚めるだけじゃなく身体能力も上がるのは知ってるだろ？」

「まあそうなんだが……」

エイスケは巨漢の様子を窺う。とにかくデカい。

「たぶん相手も悪役《ヴイラン》だぜ」

「問題ない。エイスケ、君は僕より20センチぐらい背が高いな。なんだ、同情か？　チビにはタイマン張ることも出来ないだろうからデカい俺が代わってやろうってことか？」

「あー、悪かったよ、ハル。任せた」

ビキビキとキレ気味のハルを見て、エイスケは説得を諦めた。それに、エイスケにとってもハルの身体能力が見られるのは都合が良い。相棒がどれだけやれるのかは見ておいたほうが良いだろう。

「当然だがアームレスリングでの悪望能力の使用は禁止ダ。さて、競技台が必要だネ」

ウーロポーロが指をパチリと鳴らすと、不可思議なことに、部屋の空いているスペースにアームレスリング用の競技台が出現した。

『少女愛』の悪役《ヴィラン》の悪望能力は有名だ。いったいどんな悪望を抱いているのか知らないが、ウーロポーロは様々な物体を具現化する能力を持っている。一般的な悪役《ヴィラン》よりもその能力の規模は大きく、二年前の抗争では悪望能力で〝城〟を出したという噂《うわさ》すらある。

ハルと巨漢が競技台の上で手を組むと、周りの護衛たちが囃《はや》し立てた。

「ゴッチョフの勝ちに賭《か》けるぜ」「俺もゴッチョフに一票」「俺もだ」「おいおい、賭けにならないじゃねえか」

こいつ、ゴッチョフという名前なのか。それにしても、ハル、舐《な》められているな。どちらにせよハルが勝たなければブラハードを逮捕できないのだ。エイスケはハルを応援しようと声を出して、

「「ハル・フロストに一票」」

意外な声と重なった。

エイスケとウーロポーロの声が同時に響き、シンと静まり返る。

エイスケは意外に思ってウーロポーロのほうを覗《のぞ》き見《み》た。ウーロポーロはハルのことを買っているのか。ゴッチョフが怒りの表情を浮かべて真《ま》っ赤《か》になる。当たり前だ。ボスからお前は負けると言われたのだ、屈辱だろう。

「ぶち殺してやる！」

「やってみろよ」

ゴッチョフの怒りの声にハルが答え、ウーロポーロが開始の合図をした。

「では、ゴー、ダ」

スタートと共に、ゴッチョフが渾身《こんしん》の力を込めてハルの腕に負荷をかける。

しかし、微動だにしない。ゴッチョフが戸惑ったのが分かった。ゴッチョフが力を込めているにも拘わらず、ハルの腕はぴくりとも動かない。巨漢の男はたまらずうめき声をあげる。

「ど、どういうことだ……」

エイスケにとっても意外だった。ハル・フロスト、ここまで強いのか。

巨漢の負荷がハルの小さい腕にかかっているが、ハルは余裕の表情だ。そのままエイスケに対して悪役《ヴィラン》についてのレクチャーを始める。

「エイスケ、新人に講義をしてやろう」

得意気なハルの声と、うめくゴッチョフの声が対照的だ。

「悪役《ヴィラン》がどれほど深くその願いを抱いたか、想《おも》いの強さを悪望深度という。悪役《ヴィラン》の悪望能力の出力はこの悪望深度によって大きく変わる。つまり、強く願えば願うほど、悪役《ヴィラン》の能力はそれだけ強くなる」

悪役《ヴィラン》の強さは想いの深さによって変わる。悪望深度が高い悪役《ヴィラン》が行使する悪望能力は、世界の法則を改変するほどの力を見せるという。そうした悪役《ヴィラン》に関わってはいけないのは一般常識だ。

ゴッチョフがさらに全力を込める。依然としてハルの腕は動かない。本当に強い。

「そして、悪役《ヴィラン》の身体能力もこの悪望深度に比例して強くなるんだ。己の願いを叶《かな》えるためには、超常の異能だけではなく、超常の身体能力も必要ということだな」

これもまた常識だった。シンリ・トウドウが『自動人形』の悪役《ヴィラン》アデリー・ソールズベリーの巨大自律機械相手に大立ち回りを見せたように、高位の悪役《ヴィラン》は恐ろしい身体能力を見せる。

「そして、想いの強さで『正義』が負けるはずがない」

ハルが腕に軽く力を込め、巨漢の腕を一気に押し倒した。

ドン！　という轟音《ごうおん》と共に、競技台にゴッチョフの腕が叩《たた》きつけられる。決着だ。

「つ、強ぇぇ」

ゴッチョフが感嘆の呻《うめ》きをあげた。これでもウーロポーロの部下だ、相手の強さを認められる素直さは持ち合わせているということだろう。ウーロポーロが拍手して喝采《かっさい》を送った。

「流石《さすが》だナ！　悪望深度A、『正義』の悪役《ヴィラン》、ハル・フロスト！　悪役対策局《セイクリッド》の怪物は健在カ！」

エイスケはウーロポーロの発言を反芻《はんすう》して、震え上がった。悪望深度A？　想いの強さが悪望深度であるというのなら、ハルは本気で『正義』を名乗っているということだ。悪役溢《ヴィランあふ》れるこのケイオスポリスにおいて、『正義』を語るというのは並大抵の覚悟ではない。

ウーロポーロの称賛に、ハルは当たり前だと言わんばかりに笑みを浮かべた。

「当然だ。あとこれは重要なことなので言っておくが」

ハルは周囲を睨《にら》みつけると、高らかに宣言した。

「僕はチビじゃない。成長期だ」

「さてと。ウーロポーロ、約束通り、ブラハード・バーンの居場所を教えてもらおうか」

「任せたまエ。ラシャード、こちらにきたまエ」

「イエス、ボス」

ウーロポーロは壁際に立っていた護衛の一人に声をかけた。ラシャードと呼ばれた緑髪の少年は、こちらに歩み寄るとぺこりと頭を下げ挨拶《あいさつ》する。

「ラシャード・H・ノアです。よろしくお願い致します」

「ハル・フロスト。よろしく」

「エイスケ・オガタだ。よろしく頼む」

ラシャードはハルと同じぐらいの背丈の少年だった。マフィアらしからぬ丁寧な物腰の男だ。

「私は『好奇心』の悪役《ヴィラン》でして。メイソン・ヒル地区の悪役《ヴィラン》の拠点なら全《すべ》て把握しています」

「全て？　それは凄《すご》いな」

『好奇心』の悪望能力。

字面から想像すると調査系の異能だろうが、当然詳細は教えてもらえないだろう。情報は武器だ。

ラシャードがヨーヨー・ファミリーの秘蔵っ子であることは間違いない。

ラシャードはテーブルに地図を広げると、とあるビルを指差した。

「ここがブラハードの拠点です。このビルの周囲は空き地で、日中に攻めるのは見つかりやすいため、オススメできません。ブラハードの能力はご存知ですか？」

「『燃焼』の悪役《ヴィラン》だろ？　発火能力《パイロキネシス》だ」

「イエス。より正確に言えば、ブラハードは火球を生成した後、ターゲットに向けて火球を飛ばす異能を使います」

ひとくちに発火能力《パイロキネシス》と言っても、発火の原理は多種多様だ。相手にして最悪なのは目で見たものを即座に発火させるタイプの能力で、それに比べると火球を飛ばすのは多少はマシと言える。

「正面から行くと、ブラハードの火球の的になっちまう訳だ」

「イエス。夜襲をかけることをオススメします」

「なるほどね。理に適ってるな」

ラシャードの意見にエイスケは納得した。

しかし、ラシャードの提案は理に適ってはいるが、そのプランを採用するのは難しいだろうなとも思った。何故《なぜ》ならここにはハル・フロストがいる。

「ククク、無駄だヨ、ラシャード。ハル・フロストがどんな悪望を抱いた男カ、忘れた訳ではないだろウ？」

「『正義』の悪望ですか。大変に『好奇心』が唆られます」

ラシャードが目を輝かせてハルを見つめる。そう、ハルは『正義』の悪役《ヴィラン》なのだ。

「相手が油断しているところを攻撃するなんて卑怯者がすることだ。『正義』は決して奇襲をかけたりはしない。ブラハードを捕らえるのなら、正面から正々堂々と、だ」

「大変な悪役《ヴィラン》と組まされちまった……」

エイスケはゲンナリとして愚痴る。

「助太刀《すけだち》するかネ？」

「いらないさ。ブラハードの部下は非能力者だろ？　僕一人で充分だ」

「俺は助けてもらえるなら助けて欲しいんだが？」

ウーロポーロの私兵がいれば楽にブラハードを捕まえられそうだが、ハルがすげなく断ったため、エイスケは諦《あきら》める。

ラシャードは周辺地図の他に、ビル内の平面図も持っていた。八階建ての平面図をじっくり眺めて、特異な構造をしていないか確認する。一般的なオフィスビルの作りだ。室内に柱があるので火球を避けるための防壁にすることが出来るかもしれない。

ブラハードの活動時間の調査や、ビル内の配置の精査、人員の増強などをしておきたいところだ。特に戦闘が可能な悪役《ヴィラン》がいるのが望ましい。乗り込むのは数日後だろうなとエイスケが計画していると、ハルがその計画を全てぶち壊す発言をした。

「よし、エイスケ。すぐに乗り込むぞ」

「今から乗り込むのか⁉」

「ブラハードの顔も拠点も悪望能力も判明しているからな。簡単な仕事だ、手早く済ましてしまおう」

目を剥《む》いたエイスケの首根っこがハルに掴《つか》まれて、ズルズルと引きずられる。部屋を出ていく時に、ウーロポーロの注意の声が飛んできた。

「ああ、ハル・フロスト。気を付けたまえヨ。最近、怪しげなドラッグが出回っているそうダ。なんでも、悪役《ヴィラン》の悪望能力を強化するドラッグらしイ」

「超越器具でもあるまいし。笑える話だな」

ハルはウーロポーロの話を一蹴《いっしゅう》した。エイスケも同感だ。悪望深度は意思の強さによって決まる。クスリでどうこう出来る訳がない。出来る訳はないのだが……。

何か引っかかるものがある。

エイスケはウーロポーロにもう少し聞きたかったが、ハルはスタスタと部屋の外に出ていく。置いていかれる訳にはいかない。エイスケは慌ててハルの後を追った。

＊　＊　＊

ブラハードは、悪役対策局《セイクリッド》の腕章をつけた二人組が歩いてきているのを、自身の拠点であるビルの最上階から眺めていた。金髪の少年と黒髪の少年の二人組だ。

この位置は監視をするのに最高の場所だった。標的の姿が見やすく、攻撃するのも容易《たやす》い。

あの男が言っていた通りだ。ブラハードは傷顔の男から悪役対策局《セイクリッド》の情報を入手していた。悪役対策局《セイクリッド》の行動は筒抜けになっており、殺す準備はすでに整えてある。

あんな子供をよこすとは、舐められたものだな。

悪役対策局《セイクリッド》は、悪望能力によって罪を犯した悪役《ヴィラン》を逮捕しているという。

奴らは、少女を燃やしたブラハードを捕まえに来たのだろう。もしくは、殺しに来たのかもしれない。それを返り討ちにするのをブラハードは想像する。

狩る側だと思っていた少年たちが、実は狩られる側だと知って絶望する姿。

——なんて、燃やしがいがある。

ブラハードは興奮し、たまらずに窓を開け放つと、手元に高熱の火球を生み出し、悪役対策局《セイクリッド》の金髪の少年に向けて打ち放った。

ここでじっくりと燃える様を眺めてやろう。さあ、悲鳴を聞かせてくれ。

少年が燃えるところを見逃すまいと、血走った目で凝視する。

だからこそ、何が起きたのかはっきりと視ることが出来た。

ブラハードの火球が少年に当たる直前、火球がかき消えたのだ。

少年はいつの間にか片手剣を握っている。

——悪望能力？　俺の火球を斬った？

ブラハードは傷顔の男から手に入れた悪役対策局《セイクリッド》の悪望能力の情報を思い出していた。

あれが情報にあった、ハル・フロストの『正義』の悪望能力か。最高だ。簡単には燃やせないからこそ、焼いた時の絶叫にカタルシスがあるのだ。

金髪の少年が燃え踊る姿を想像して、ブラハードはニタリと笑った。

＊　＊　＊

「おいハル、マジで正面から乗り込むのか？」

「当たり前だろ。『正義』の味方は悪党を正面から叩きのめすものだ」

ハルの独特の正義感にため息をつきながら、エイスケはハルの数メートル後ろを歩く。既にブラハードの拠点が見える位置にいる。いつ悪望能力による攻撃を仕掛けられてもおかしくはない。

正気とは思えないが、ハルは自信満々に歩いている。アデリーとの戦いで見せたあの身体能力なら、本当に正面からでも打ち倒せるかもしれない。

エイスケは注意深く周囲を警戒しながら、ハルについていく。

ブラハードの拠点に近づいたところで、案の定、ビルから『燃焼』の悪望能力による火球が高速で飛んできた。

「おいハル！　危ねえ！」

ハルは一切慌てずに『正義』の悪望能力によって片手剣を具現化すると、その火球を叩き切った。

ハルの斬撃によって消失する火球。ハルの悪望能力を見るのは『自動人形』の悪役《ヴィラン》アデリー・ソールズベリーとの戦闘を含めて二回目だ。前回は『自動人形』の悪役《ヴィラン》の自律機械を一撃で戦闘不能に至らしめ、今回は『燃焼』の悪役《ヴィラン》の火球を一撃で消失させた。

エイスケはハルの悪望能力を理解しつつあった。『正義』の悪望を名乗る悪役《ヴィラン》。おそらく、ハルの悪望能力は他者の悪望能力の出力を下げる能力だ。

ハルは火球が飛んできた方向に走り出し、エイスケも慌てて後を追う。

ビルの最上階から何度も火球が飛来するが、そのことごとくをハルの剣が斬り落とす。

強い。エイスケはここまで対悪役《ヴィラン》戦闘に特化した悪望能力を見たことがない。身体能力も他の悪役《ヴィラン》とは一線を画する。ハルはこともなげにやってのけるが、音速に近い速度で飛来する火球を何度も斬り落とすなど、そう簡単に出来ることではない。

ウーロポーロ・ヨーヨーはハルのことを悪望深度Aと呼んでいた。確固たる信念をその身に宿していなければ、そのような階位に辿《たど》り着くことなど出来ないだろう。まさしく悪役対策局《セイクリッド》の怪物だ。

火球を斬り捨てながら走り抜け、やがてビルの入り口に着いた。

「エイスケ、ビルの中の連中は任せられるか？」

「ブラハード以外は非能力者だろうからな。問題ないが……二人で行かないのか？」

「僕はブラハードのところに直接行く」

「直接行く？」

エイスケが戸惑っているうちに、ハルはビルの壁を駆け上りはじめた！

ビルの中を通らずに、直接ブラハードがいる最上階まで登るつもりだろう。信じられない運動能力だが、悪役《ヴィラン》の肉体でなら決して不可能ではない。

エイスケはハルの単独行動にため息をつきながらも、自身の役割を整理する。ハルがブラハードと直接戦うというならば、自分がやるべきことは一つしかない。

事前情報だと、ブラハードには十数人程度の部下がいるという話だった。エイスケが対処しなければ、ブラハードに加勢されてしまうだろう。速やかに制圧する必要がある。

エイスケはシャッターが閉まっているビルの入り口を蹴破《けやぶ》ると、中に飛び込んだ。

飛び込むと同時に、中で構えていた男たちの剣呑《けんのん》な声を聞く。

「死ねや」

ブラハードの部下たち『バーナーズ』は既に臨戦態勢に入っていた。

ビルの入り口に対して銃口を向けて待ち構えており、エイスケが飛び込んだ瞬間に複数の銃声が鳴り響く。

準備が良すぎるのに強い違和感を覚える。エイスケとハルが姿を現してから数分と経《た》っていないのに、男たちには戸惑いがない。

しかし、待ち構えられていたとしても、全く問題はない。ブラハードの部下たちは間違いを犯していた。彼我の距離は20メートルにも満たない。こんな近接距離まで悪役《ヴィラン》を近づかせた時点で、既に勝敗は決している。

「悪いがここは『不可侵』だ」

「なっ⁉」

銃弾はエイスケに届かず、全《すべ》て空中で壁に当たったかのように跳ね返った。

『不可侵』の悪望能力は視えない直方体の障壁を作り出す。サイズ、強度を調整することが可能で、最大強度の障壁は銃弾すら通さない。侵略を許さぬ絶対防壁の悪望能力、文字通りの『不可侵』である。

「来るな！　来るんじゃねえ！」

さらに続く銃声。エイスケは『不可侵』の悪望能力によって銃弾を止めながら悠々と歩き、一人一人を殴り飛ばして気絶させていく。それは既に戦闘ではなく、作業と化していた。

入り口にいた男たちは十人ほどだった。その全員が倒れ伏すまでにかかった時間は、たった三十秒ほど。

仮に悪望能力を使わなかったとしても、やはりエイスケが勝利しただろう。

悪役対策局《セイクリッド》が悪役《ヴィラン》犯罪に対処するために悪役《ヴィラン》を使う理由がこれだ。悪役《ヴィラン》とただの人間では、戦闘においては象とアリほどに格が違うのである。拳銃《けんじゆう》一つでひっくり返せるような能力差では無い。

「とりあえずここは制圧したが……計算が合わねえな。まだ何人か残ってるか」

ブラハードの部下たちに、ハルとブラハードの戦闘を邪魔させる訳にはいかない。エイスケは二階に向けて駆け出した。

＊　＊　＊

ハルは八階建てのビルの壁を蹴《け》り上げながら駆け上ると、最上階の窓を蹴破って中に入り込んだ。

次の瞬間、ブラハードの火球が高速で飛んでくるが、それを片手剣で薙《な》ぎ払《はら》う。

顔中にピアスをつけたスキンヘッドの男、ブラハードは嗤《わら》いながら無防備に突っ立っていた。ブラハードの赤い瞳《ひとみ》に違和感を覚える。事前に見た写真と瞳の色が違う。

ブラハードに逃げる気配は無い。悪役《ヴィラン》対策局《セイクリッド》の悪役《ヴィラン》を打ち倒す自信があるのだ。

ハルはブラハードと対峙《たいじ》する。彼我の距離は20メートルほどだが、ハルとブラハードの間にはデスクが並んでおり、直接駆け寄ることは出来ない。ビルの柱が等間隔に並んでおり、これは壁にすることが出来そうだ。

「お前がブラハード・バーンだな？」

「ハッ、てめえがハル・フロストか」

「僕も有名になったものだな。大人しく拘束されろ」

「悪役対策局《セイクリッド》の犬風情が。調子に乗ってるんじゃねえぞ」

スキンヘッドの男はハルの投降勧告を切り捨てて嘲笑《あざわら》う。

ハルはため息をつくと、戦う前に一つだけ聞いておくことにした。

「一つ聞きたいんだけど。お前、何故《なぜ》人間を燃やした？」

ハルの質問に対し、ブラハードは燃え上がるような赤い瞳でハルを睨《にら》みつけた。

「何故？　何故だと？　燃やしたい、ただそれだけが俺の抱いた望みだからだ。我慢できる訳がねえだろう。誰《だれ》にはばかることもなく、俺はただ自分の悪望を叶《かな》えただけだ。お前もそうだろう？悪役対策局《セイクリッド》の悪役《ヴィラン》」

「一緒にするなよ。お前のようなクズのせいで、力に蹂躙《じゅうりん》されて悲しむ人々がいるんだ。僕は、それを許さない」

手加減はいらなそうだった。特に事情もなく誰かを傷つけたというのなら、それは、ハルにとっては敵に他ならない。

二人の悪役《ヴィラン》の視線が交差する。

「悪役対策局《セイクリッド》第十二課一等特別捜査官、『正義』の悪役《ヴィラン》、ハル・フロスト」

「『バーナーズ』リーダー、『燃焼』の悪役《ヴィラン》、ブラハード・バーン」

「罪のない人々を傷つける犯罪者め、僕の『正義』を見せてやろう」

「燃やし尽くしてやるよ、悪役対策局《セイクリッド》の犬」

互いの名乗りが戦いの合図だった。

ブラハードの手元に新たな火球が生み出される。先ほどまでの火球よりも遥《はる》かにデカい。

「これは流石に斬り払えねえだろうが」

「まさか。お前、大きな勘違いをしているよ」

巨大な火球が目にもとまらぬ速さでハルに迫り、デスクが火球に巻き込まれて焼失していく。

触れたもの全てを溶かさんとする太陽の如《ごと》き獄炎。

しかし、再度ハルが斬り払うと、やはりあっさりと炎はかき消えた。

ブラハードは眉《まゆ》をひそめると、何かを確かめるかのように何度も火球を撃ち込む。それら全てをハルが斬り捨てると、諦《あきら》めたかのようにぼやいた。

「……チッ！　これが『正義』の悪望能力か！」

「御名答」

ハルの『正義』の悪望能力は、武器を具現化するだけの異能ではない。

ハルが具現化した武器は全て、悪役《ヴィラン》の悪望能力を打ち消すのだ。

対悪役《ヴィラン》戦闘に特化した悪望能力。悪役《ヴィラン》狩りの悪役《ヴィラン》。

悪役《ヴィラン》に虐げられる人々を護《まも》るために、ハルが望んで手に入れた力だ。

こと一対一の戦闘においては、ハルが悪役《ヴィラン》に劣ることなど有り得ない。あらゆる悪は、この『正義』によって討ち滅ぼされる。

「もう一度言うぞ。大人しく拘束されろ、ブラハード」

ブラハードは獰猛《どうもう》に歯をむいて嗤う。

「誰が大人しく捕まるかよ。テメーが斬るのが追いつかないぐらいに燃やし続ければ良いだけだろうが」

もちろんそれは不可能だ。

ブラハード・バーンの悪望深度はC、せいぜい一度に火球を一つ出すのが限界だろう。ブラハードだってそれは分かっているはずである。

しかし、ブラハードの次の一手は、完全にハルの想定から外れる行動だった。

懐から注射器を取り出すと、自身の首に突き立てたのだ！

注射を打った直後、ブラハードの目が血走り、血管が浮き出るように姿が変貌《へんぼう》する。

「ハッ、ハハハハハハハハッ！」

ブラハードは高笑いすると、六つの火球を生み出した。

それらは今までの火球よりも遥かに小さく、野球ボール程度のサイズに縮まっていた。火球の数が増えて、サイズもコントロール出来るようになっている。急激に悪望深度が増したとしか思えない現象だ。

悪望能力を強化するドラッグ？

有り得ない。だが、そうとしか思えない。

ハルが考えている間にも、事態は進行していく。

六つの火球が飛来し、ハルはそれらのうち二つを避け、四つを斬り払ってギリギリ凌《しの》いだところで息を呑《の》む。

ブラハードの近くに、さらに十二の火球が生み出されていた。

「いつまで持つかな？　ハハッ！」

「調子に乗るなよ、悪役《ヴィラン》」

十二の火球が音速を超えてハルに迫る。ハルは呼吸を整えると、さらにそれらを斬り払おうと構え、突如、全《すべ》ての火球が停止し、四角の形状に燃え広がってから消え去るのを見た。

まるで火球が透明な立方体に包まれて、行き場を失って消えたかのような現象。

「よう、お困りかい？　ハルくん」

声がしたほうにハルが振り向くと、そこにはエイスケが得意げな顔で立っていた。

＊＊＊

エイスケはブラハードの部下を全て片付けると、ハルとブラハードが戦う最上階まで駆け上がった。ハルの傍らにつくと、ブラハードが飛ばしてきた火球を『不可侵』の障壁で包み込み、消失させる。

ハルとブラハードが戦いはじめてから数分も経《た》たずに追いついたエイスケに、ハルが疑念の声を上げた。

「早すぎるぞ、エイスケ。殺してないだろうな？」

「ご要望どおり、全員気絶させただけだ」

軽口を叩《たた》きながら、エイスケもブラハードに向き合う。ブラハードの赤い瞳に何か既視感を覚えたが、今は戦闘中、気にしている場合ではない。

「悪役対策局《セイクリッド》の犬が増えたか。ハッ、燃やす楽しみが増えたな」

「できるかい？　どうやらあんたの火球は俺の『不可侵』で防げるようだが」

「火球だけならな」

エイスケの返答にブラハードは嘲笑《ちょうしょう》した。明らかに切り札を隠し持っている反応に、エイスケは眉をひそめる。

その時、死を告げる声がエイスケの耳に届いた。

このままでは、死ぬ。

「……ハル！　避けろ！」

危機を悟ったエイスケは、すぐさま真横に飛びながらハルに忠告した。ハルも素早くその場を離れる。一瞬後、エイスケとハルがいた場所が燃え上がった。ブラハードの悪望能力によるものだ。

視認した箇所を燃やす発火能力《パイロキネシス》。危険度は火球の比ではない。明らかに悪望深度Cよりも上位の悪望能力によって、走りながら逃げるエイスケとハルの後ろが一瞬遅れて燃え上がっていく。

「ハハハッ、おいおいどうした！　天下の悪役対策局《セイクリッド》様が、二人がかりで逃げるだけか⁉」

エイスケはビルの柱の陰に飛び込みながら悲鳴を上げた。

「これは『不可侵』じゃ防げねえ！　いったん逃げるぞハル！」

眼《め》で見ただけで対象を『燃焼』させる能力に、正面から挑むのは下策だ。逆に言えば、態勢を整えてからの奇襲ならやりようはある。この場は退くの選択肢、一択だ。

エイスケから離れた柱に隠れたハルは、エイスケの勧告を否定した。

「逃げない」

決意の込もった声。

「逃げない。被害者の写真を見ただろう。ここで逃げたら、被害者が増えるかもしれない」

「それは、そうかもしれねえけど」

退かずに負けたら全てが終わるのに、ハルは退こうとしない。

きっと、それがハル・フロストの価値観なのかもしれなかった。誰かを護るためなら、自分が傷つくことを厭《いと》わない『正義』の悪望。逃げず、退かず、そして、負けない。

「じゃあどうする！」

「エイスケ、話を聞いていなかったのか？　『正義』は正面から悪を倒す」

正面から？

聞き返す前に、何の気負いもなく、ハルが柱の陰からふらっと出て歩き出すのを見て、エイスケは目を疑った。ブラハードの悪望能力の的になるようなものだ。

「正気か？」

ブラハードが笑みを浮かべ、悪望能力を発動したのが分かった。

当然、ブラハードの視界に入ったハルは燃え上がり……否、いつの間にか、ハルは真横に避けていた。瞬間移動したとしか思えないほどの高速の歩法。

さらにブラハードが追撃するも、またハルがかき消え、次はビルの柱に張り付いていた。

「おいおい、まさかとは思うが」

追撃。追撃。追撃。ブラハードの発火能力が発動するたびにハルは消え、デスク、ビルの柱、天井、あらゆる場所に姿を現し、少しずつブラハードに近づいていく。

間違いない。本当にハルは正面から行くつもりなのだ。

視界に入ったものを『燃焼』させる能力を、単純な身体能力でもって凌駕《りょうが》する。恐ろしいほど単純明快な攻略法だが、こんなこと、ハルにしか出来ないだろう。

徐々にハルの移動は速度を上げていき、エイスケの眼には捉《とら》えられなくなった。かろうじて天井と床を高速で往復しているのだけが分かる。

「あり得ねえ。あり得ねえ。あり得ねえ」

ブラハードの恐怖の声が響いた。ブラハードとてケイオスポリスで生きる悪役《ヴィラン》だ。悪役《ヴィラン》との戦闘経験はあるだろう。

しかし、自身の眼球よりも素早く動く悪役《ヴィラン》など、想像もしたことが無かったのではないだろうか。

「あり得ねえだろうがあああああ！！！！！」

ブラハードが、全てを燃やし尽くさんと全方位に炎の壁を展開し、撃ち放った。ハルが避けきれないほどの範囲攻撃で倒すつもりなのだろう。だがそれは。

「悪手だな」

何故《なぜ》ならハル・フロストは『正義』の悪役《ヴィラン》。

押し寄せる炎の壁を、その最強の悪望能力によって、叩き割る。

「……あ」

ハルの間合いにブラハードが入った。ブラハードが次の一手を撃つよりも早く、ハルは鈍く光る黒剣を振り下ろす。

「グワアアアアア！」

ハルに斬られたブラハードは悲鳴を上げるとそのまま崩れ落ちた。エイスケから見ると長剣を持った凶悪犯がブラハードを斬ったようにしか見えないが、ハルの言う通りなら正義斬殺剣は人を傷つけないはずだ。

ブラハードは無傷で尻《しり》もちをついていた。アデリーと違って気絶はしていないようだが、ハルの『正義』は斬った悪役《ヴィラン》の悪望能力の出力を下げる。ブラハードは悪望能力をしばらく使えないだろう。

「終わったぞ、エイスケ」

ハルは笑顔でエイスケのほうに振り返る。

笑っているのを見るとただの少年だが、先程の戦闘はあまりにも怪物じみた強さだった。エイスケは手のひらに滲《にじ》んだ汗をひそかに拭《ぬぐ》った。

「ま、待ってくれ、殺さないでくれ……」

ブラハードが命乞《いのちご》いする。悪役対策局《セイクリッド》は凶悪犯を殺すこともある。十二課《テミス》の不殺の事情を知らなければブラハードが怯《おび》えるのも無理はない。

「殺さねえよ。大人しく捕まってくれ」

エイスケはなるべく穏やかに声をかけるが、それでもブラハードは怯えたままだ。何か様子がおかしい。何に怯えている？

「頼むよ。俺はまだやれるから。頼む、な。……オゴッ⁉」

突如、ブラハードが吐血し、胸からも盛大に血が吹き出る。まるで視えない剣に胸を刺されたような現象。

「て、てめえ……アン……ブ……」

ブラハードは何かを言いかけたが、そのまま瞳《ひとみ》が光を失い、血溜《だ》まりに倒れ伏す。

「エイスケ！　新手の悪役《ヴィラン》だ！」

「おう！」

ハルとエイスケは瞬時に警戒した。なにか不可思議な現象が起こった場合、それは未知の悪望能力による攻撃の可能性が高い。ブラハードを殺した未知の悪役《ヴィラン》を二人がかりで注意して探す。

周囲を探りながら十分、二十分と時間が経っていくが、異変は起こらない。

「……誰《だれ》もいねえようだな」

「ああ。もう気配が無い」

その後もエイスケとハルはビル内を調査したが、悪役《ヴィラン》の痕跡《こんせき》は見つからなかった。


「結局、ブラハードを殺した犯人は見つからず、か」

エイスケたちは、悪役対策局《セイクリッド》の拠点に帰ってきていた。

作成した報告書を第十二課《テミス》課長のシンリ・トウドウに提出する。

防音完備の会議室の中に、エイスケ、ハル、シンリ、それとユウカ・サクラコウジが座っている。

ユウカの後ろには、二人組の執事が立っていた。

「ブラハード殺害犯も気になるが……報告書にあったドラッグの件は、確かな情報なのか？」

シンリが、手元の報告書に目を通しながら質問を投げ、それにハルが答える。

「間違いない。ブラハードが自身にドラッグを使ったあと、明らかに悪望深度が増した。悪役《ヴィラン》の悪望能力を強化するドラッグ……シンリは聞いたことはあるか？」

「前例は無いな」

シンリは即座に否定した。それはそうだろう。それなりに裏社会の情報を得ているエイスケだって聞いたことがない。そんな便利な代物があるなら、もっと悪役《ヴィラン》たちが躍起になって手に入れようとして高値で取引されているはずだ。

「そうか。僕のほうはウーロポーロ・ヨーヨーと会った時、悪役《ヴィラン》の悪望能力を強化するドラッグの噂《うわさ》について聞いたな。あまりにも胡散臭《うさんくさ》いから聞き流してしまったけど、ウーロポーロが何か知っているなら情報を共有してもらったほうが良さそうだな」

その発言はエイスケも聞いていた。今にして思えば、ヨーヨー・ファミリーの首領が手にした情報なのだ。それなりに確度が高い情報だったはずなのに、あまりにも荒唐無稽《こうとうむけい》だったので聞き流してしまった。

「ウーロポーロに協力を要請したのか。悪役《ヴィラン》を強化するドラッグ、いかにもマフィアが好みそうなシノギだが……アレに限っては手を出さんだろうな」

「『少女愛』の悪役《ヴィラン》が、少女を巻き込むようなビジネスに手を出すとは考えづれえな」

シンリの考えをエイスケが補足する。エイスケもウーロポーロとの交渉の場に同席していた。ウーロポーロがどういう悪役《ヴィラン》なのか多少は理解している。

ウーロポーロは少女が何かしらの被害を受けることを嫌うだろう。悪役《ヴィラン》を強化するドラッグを資金稼ぎに使うとは思えない。

「ウーロポーロがブラハードの殺害を指示した可能性は？」

「この件についてはブラハードを殺さないことをハルが約束させた。ヨーヨー・ファミリーは約束事を守ることで有名だ。ウーロポーロがハルと約束した以上、ブラハードを殺した可能性は低いだろうな」

エイスケは裏社会に片足を突っ込んで生計を立ててきた悪役《ヴィラン》だ。マフィアに倫理観は無いが、独自の信用社会を築いているのは理解している。口に出した約束事を破ってしまえばマフィアは信頼を失う。

それぞれが考え込み、少しの沈黙が訪れる。何とはなしに、エイスケは老執事のローマンに助言を求めた。

「爺《じい》さんは何か心当たりはないのか？　ケイオスポリスには長くいるんだろう？」

「そうですな。注射器からは何か手がかりは見つからなかったのでしょうか？」

「そっちは科学捜査班に依頼してある。ドラッグについても解析中だ」

ローマンの質問にシンリが答える。ローマンに言われて思い出したが、あの注射器、どこかで見たことがあるんだよな。

エイスケが考え込んでいると、会議室のドアがノックされた。

「失礼します。例のドラッグの解析結果が出ました」

会議室に入ってきたのは青髪の美青年だった。

シンリやアレックスも顔立ちは整っているがある種の刀剣のような鋭さを備えている一方で、青髪の青年にはどこか柔和な印象を抱く。

見たことのない青年だった。もっとも、エイスケは悪役対策局《セイクリッド》の新入りなので、初対面の人間のほうがまだまだ多い。

青年はエイスケに気付くと、丁寧に自己紹介をする。

「エイスケ・オガタさんですね？　悪役対策局《セイクリッド》第十二課調査官、『分析』の悪役《ヴィラン》、ディルク・ヘルブランディです」

「ああ、これはどうも。悪役対策局《セイクリッド》第十二課三等特別捜査官のエイスケ・オガタだ」

軽く握手を交わすと、ディルクは怪訝《けげん》な顔をした。

「面白い方ですね。多くの願いを背負っているような、そんな不思議な気配がします」

「照れるね。手相占いか何か？」

ディルクの指摘に少しドキリとするが、軽口を叩《たた》いて誤魔化《ごまか》す。握手をした手を離そうとして、離せないことに気付いた。ディルクがエイスケの手を握ったまま、離さないのだ。

「あー、ディルクくん？」

エイスケが戸惑っていると、ディルクはさらに両手を使ってエイスケの手を掴《つか》んだ。そのまま顔と顔がぶつかりそうになるほど距離を詰めてくると、エイスケの瞳を見つめる。

「あなたのことを知りたい」

「ひゅっ」

エイスケはあまりの恐怖に変な呼吸音を出した。

「怖い！　ハルくん助けて！」

「諦《あきら》めたほうが良いぞ。僕もたまにそれやられる」

エイスケは助けを求めるが、ハルは諦めているのかそっけない。

「出身国はどこですか？　悪望能力の詳細は？　今日のご飯は何を食べましたか？　朝は何時に起きます？」

「ひぃぃぃ」

恐怖に震えながら質問攻めされるエイスケを見かねたシンリが助け船を出す。

「ディルク、エイスケはあとでいくらでも貸し出してやろう。先に報告を頼む」

いや、別に助かってはいなかった。シンリに注意されてディルクはハッと我に返ると、照れたように頬《ほお》を掻《か》きながら謝る。

「ハッ、失礼しました。つい興奮してしまいまして」

「シンリ？　部下を勝手に貸し出すのはやめてくれるか？」

ディルクは『分析』の悪役《ヴィラン》と名乗っていた。今の言動を踏まえると、何かを知りたいという欲求が悪望の根幹に関わっていそうだ。エイスケとて知られたくないプライベートの一つや二つはある。ディルクと会う時は細心の注意を払うべきだろう。

「それで？　強化ドラッグの解析結果が出たって？」

「はい」

ハルの問いに答え、ディルクが調査結果を報告する。

「ドラッグの正体は、生理食塩液です」

「しょく……なんだって？」

「いわゆる偽薬と呼ばれるものですね。薬としての有効成分を含んでいない液体です」

薬としての有効成分を含んでいない？

なんだそれは。現実に、注射を打ち込んだ瞬間にブラハードの悪望能力が強化されたのをハルが目撃しているのだ。何の薬効もないただの液体であるはずがない。

「それじゃあ、ブラハードはプラセボ効果で悪望能力が強化されたとでも？」

「その可能性もあり得ますが、おそらく違うでしょう。もっとも単純な答えは、」

ディルクの言葉をシンリが引き継ぐ。

「悪望能力を強化する悪望能力、か」

ただの液体を、悪望能力を強化する液体に変化させる悪役《ヴィラン》。シンリの予測が合っているならかなり厄介な能力だ。会議室の空気が重くなったのを感じ取って、エイスケは冗談を口ずさんだ。

「超越器具って線はないのか？　なんかそういう与太話があっただろう。誰《だれ》も見たことがない、悪役《ヴィラン》を強化する超越器具」

『創造』の悪役《ヴィラン》が作り上げた、不可思議な現象を巻き起こすアイテム。ユウカとの面談で出された『暴きだす真実の水瓶』も超越器具だ。

ケイオスポリスではよく新種の超越器具が発見されたという噂が出回る。もっとも、それが本物である可能性は低い。大抵はガセネタで、エイスケも信じているわけではなかった。

「『塗りかえる根源の短剣』ですか？　あり得ませんね。あれは桜小路家が所有していますから」

「そう……」

エイスケの冗談は、さらりとユウカによって否定された。悪役《ヴィラン》を強化する超越器具、本当にあるのか……。桜小路家だけは敵に回すのは止めようとエイスケは決心した。

「まずは、ブラハードが出入りしていた場所を調査班に調べてもらっています」

ブラハードがどこでドラッグを手に入れたのかは重要な情報だろう。ブラハード自身が強化ドラッグを作っていたとは到底思えない。何らかの目的で強化ドラッグを流通させている人物がいるはずだ。

「シンリ課長、強化ドラッグの取引場所が分かり次第、特別捜査官に踏み込んでいただきます」

ユウカが深刻な表情でシンリに依頼するが、シンリはため息をついた。

「すぐに人員を用意しよう、と言いたいところだがな。最近は十二課《テミス》管轄の事件が多くて人手不足でな。万が一に強化ドラッグを使用した悪役《ヴィラン》と遭遇した時、戦闘が可能な特別捜査官が少ない」

なんだか嫌な前フリだな。

「ハル・フロスト、およびエイスケ・オガタ。正規のバディとして、この強化ドラッグの件の調査に当たってくれ」

エイスケは青褪《ざ》めた。強化ドラッグを使ったブラハードが、視認するだけで対象を燃焼させることが出来るようになったのを思い浮かべる。命がいくつあっても足りない。

「おい待てシンリ、焼殺犯に殺されかけたばかりだぞ。こんなヤバそうな案件の担当を新人にやらせていいのか？」

「僕も反対だ。まだ一人で動いたほうが安全だね」

「上司の命令に従わないのは『秩序』を乱すことに繋《つな》がる。エイスケ、ハル、私の言うことが聞けないのか？」

聞けない、と思ったが、シンリとの仲が悪くなるのも、それはそれで今後に支障をきたす。何より、治安維持組織で上官の命令が優先されるのは至極当然だし、それが普通というものだ。

「あー、悪かったよシンリ。組織の命令には従う」

ハルにパワハラを注意してたけど、これもまあまあパワハラじゃない？　と思いながらもエイスケは渋々従った。しかし、ハルは違った。

「聞けないね。シンリ、表に出ろ！　僕の『正義』を見せてやろう！」

「仕方がないな、ハル。私の『秩序』に跪《ひざまず》かせてやろう」

悪役対策局《セイクリッド》には血の気の多い人間しかいないのか？

本当にハルとシンリは表に出ていってしまった。

エイスケはハルとシンリの決闘を眺めながら、とんでもないところに来てしまったと実感した。

ハルも若干シンリが正しいと思っていたのだろう。『正義』の悪望能力が充分に力を発揮することはなく、シンリが圧勝し、エイスケとハルのバディは正式に決定したのだった。

三章　相棒の在り方

悪役対策局《セイクリッド》第十二課テミスの拠点は、外見の印象に比べて中が想像以上に広い。

ユウカ曰《いわ》く、特殊な建築技術を使用しているのに加えて、悪望能力によって空間を拡張しているとのことだった。

エイスケは今、四階の広い模擬戦用の訓練室にいた。三階建てのビルなのに四階って何？　と思ったが、深く考えないことにする。悪役《ヴィラン》同士の模擬戦で使用される想定の部屋のため、部屋の中には何もなく、白い壁にポツンと壁時計《どけい》だけがかかっている。

その訓練室で、エイスケは悪役《ヴィラン》と戦っていた。

エイスケを飛来する剣が襲う。本来いるはずの剣を持つ戦士はおらず、剣だけがただ宙に浮いてエイスケに迫る。剣士の代わりに剣を操るのは、遠い間合いで柔和な笑みを浮かべて立っている老執事だ。ユウカ・サクラコウジの執事にして護衛、ローマン・バトラーである。

「ほっほっほ。我が『忠誠の剣』の悪望能力。受けきれますかな？」

『不可侵』の障壁を出して『忠誠の剣』の剣を弾くが、弾かれた剣は再度エイスケに狙《ねら》いを定めて襲ってくる。

ローマンの『忠誠の剣』の悪望能力は剣を自在に飛行させて対象を狙《ねら》い続ける。受けても避けてもエイスケへの攻撃が途絶えることはない。なかなか厄介な悪望能力だった。

この手の遠隔操作型の悪望能力は、本人を叩くのがセオリーだ。模擬戦だからと言って容赦はしない。エイスケは『忠誠の剣』の剣を拳《こぶし》で叩き落《お》とすと、剣が再度浮き上がる前にローマンに向けて駆けた。しかし。

「エイスケ⁉」

「グボッ⁉」

ハルの驚いた声と共に、エイスケの身体《からだ》に衝撃が走る。どうやらハルも同じタイミングで仕掛けようとしたらしく、完全にコースが重なってエイスケとハルは衝突、絡まりながらもんどり打って転がった。

立ち上がろうとするが、その前にエイスケの喉元《のどもと》にローマンの剣が突きつけられた。

「そこまで！」

試合終了の合図が響く。

試合を監督していた第十二課《テミス》の課長シンリ・トウドウが、エイスケとハルの負けだと判断したのだ。

「何をやっているのですか？　アナタ達は？」

呆《あき》れたような声で銀髪の少女が近づいてきて、倒れているエイスケとハルを見下ろしてくる。少女はローマンと同じように黒い執事服を着ていた。ユウカのもう一人の執事、アレクサンドラ・グンダレンコ。ユウカからサーシャという愛称で呼ばれている少女である。

「二対二の模擬戦で仲間の足を引っ張る人間がいますか」

そう、ハルとエイスケはタッグを組み、ローマンとアレクサンドラを相手にした二対二の模擬戦をしていた。正規のバディとして組んだエイスケとハルの訓練のために模擬戦をしているのだが、結果は散々であった。エイスケは一対一ならそこそこ健闘するのだが、ハルと組んだ瞬間に四連敗、全敗である。

とにかく息が合わない。エイスケが攻めようとするとハルが受けに回って孤立し、エイスケが受けようとするとハルが攻めて一対二になる。たまに二人とも攻めたと思ったら先ほどのようにぶつかり、転がるはめになる。これなら二人じゃなくて一人で戦ったほうがマシかもしれないと、エイスケは諦めかけていた。

「ローマン、サーシャ、流石《さすが》ね！　わたしの自慢の護衛だわ！」

「ほっほっほ、桜小路家の『忠誠の剣』に敗北はございません」

「ワタシにはもったいないお言葉、ありがとうございます」

模擬戦を見学していたユウカが自慢気な声でローマンとアレクサンドラを褒める。二人も悪役《ヴィラン》だが、悪役《ヴィラン》嫌いのユウカも、執事たちには気を許しているように見えた。

それにしても、桜小路財閥の総帥の護衛を務めるだけあって、ローマンもアレクサンドラも強い。桜小路家が抱える三千人の戦闘執事・戦闘メイドの上澄みがユウカの護衛につけるという。『忠誠の剣』の悪望能力、『雷光』の悪望能力、共に味方としては頼もしい限りだが、こんなに連敗すると多少は悔しい気持ちもある。

アレクサンドラがこちらを見て鼻で笑う。

「あの程度の悪役《ヴィラン》に、ユウカ様の執事が負けるはずありません」

「おい、今、僕の『正義』を下に見たか？」

「アナタ、上下を比較できるほどの領域にいないでしょう。足引っ張り野郎」

ハルとアレクサンドラが睨《にら》み合う。アレクサンドラは妙に悪役《ヴィラン》に対して横柄な態度を取る。ハルも似たようなものなので、この二人を会話させるといがみ合うのが常だった。

このまま放っておいても良いが、ハルを止めないと最終的にエイスケにも飛び火しかねない。

「おいやめとけハル、シンリがこっち来るぞ」

「む」

シンリの名前を出すとハルは大人しく従った。

シンリが眉間《みけん》を揉《も》みほぐしながら近づいてくるのを、エイスケとハルは姿勢を正して待つ。チーム戦での敗北を何度も繰り返したせいで、だいぶ説教を受けるのに慣れてきてしまった。

シンリはエイスケたちの前に来ると、眉根《まゆね》を寄せて、模擬戦によって乱れたエイスケの服装を整えはじめた。きっちりと整えると、次はハルにも同じようなことを繰り返す。やがて満足いくクオリティになったのか、「よし」と呟《つぶや》いてから、改めて説教を開始する。

「いいか二人とも。悪役《ヴィラン》犯罪者は単独行動が多い。対悪役《ヴィラン》に二人以上の悪役《ヴィラン》で当たれるのは我々悪役対策局《セイクリッド》の明確な強みだ。チームワークが重要なんだ。そのために、バディを組んで模擬戦を行っている」

同じ説明を何度も繰り返し聞いているが、シンリは説明に飽きるそぶりを見せない。根気強く、相手が理解するまで何度も言い含める。

「まずはハルだが。仲間を気にしなさすぎだ。エイスケがローマン殿に苦戦しているのになぜフォローに入らない？」

自分は悪くない、とばかりにハルはムッとした表情で押し黙る。

「ハッ、言われてるぞ、ハル」

「エイスケ、君もだ。二対二の模擬戦であるにも拘わらず、君は一人で二人に対処できる立ち位置を常に意識してるな？　だから味方の存在を忘れてぶつかることになる」

「あー、悪かったよ」

指摘が的確なのでバツが悪い。悪役対策局《セイクリッド》に加入する前は、単独で裏社会の仕事を請け負っていた。どうにもチームワークというやつに慣れない。エイスケとてチームワークの重要性は理解しているが、やろうとしている、と実際にやる、の間には大きな隔たりがある。

「言われてるぞ、エイスケ」

シンリに説教されているエイスケを見て、ハルが笑いながら追い打ちをかける。

「だいたいさー、やっぱりエイスケが悪いんじゃないのか？　バディの基本ってものが分かってないんだよな」

こいつ……。エイスケがバディに慣れていないのは間違いないが、それにしたって悪役対策局《セイクリッド》での任務に慣れているはずのハルのほうも相当にひどいのは確かだ。現に、さきほどアレックスと組んで戦っていた時も。

「ハル、お前、さっきアレックスと組んだ時も連携がボロボロだったじゃねえか！」

「いや、アレはアレックスが悪い。バディの基本ってものが分かってない。そうだよな？　アレックス。その通りだと言え」

エイスケの反論にハルは開き直った。壁際で休憩していたアレックスがギョッとした顔をしたあとに逡巡《しゅんじゅん》し、しかしハルの言葉を肯定する。

「……はい！　その通りであります！」

「アレはハルが悪いだろ。アレックスくんもちょっと返事に躊躇《ためら》ったじゃねえか」

「お前、ハル先輩の言うことを否定するのでありますか？」

「シンリ、あんたのところの部下の教育どうなってるの？」

アレックスは普通に話すぶんには普通に良いヤツなのだが、何故かハルを神聖視しているため、ハルが絡むと途端にややこしくなる。アレックスに睨まれながらエイスケは冷や汗を流す。呆れたようにシンリが注意した。

「パワハラはやめろ、ハル。アレックスも間違っていると思ったら間違っていると言っていい」

注意されたハルはいっそう不機嫌になると、ふてくされはじめた。

「そもそも僕はバディを組むの自体に反対なんだよな。悪役《ヴィラン》なんてクズさ、僕以外はな。君たちはクズの中では少しマシなクズってだけだ。組む価値は感じないね」

「おいハル、言いすぎだぞ」

『正義』の悪役《ヴィラン》という名乗りを聞いた時から薄々感じていたことだが、ハルは自身が悪役《ヴィラン》でありながら、他の悪役《ヴィラン》を嫌っている節がある。

しかし、悪役対策局《セイクリッド》の特別捜査官は悪役《ヴィラン》で構成される。この場にいる人間もユウカ以外は全員悪役《ヴィラン》だ。行き過ぎた発言を看過することはできなかった。

それに、なぜだかハルに言われるのは腹が立つ。

「僕一人で犯罪者は全員捕まえる。エイスケ、君のそのくだらない悪望の出番はないぜ」

「ハル。言いすぎだってのが聞こえなかったか？　お前は耳まで小せえのか？」

「誰《だれ》が足元で歩くアリのように小さいって？」

「お？」

「ああ？」

威嚇してにらみ合うエイスケとハルの間にシンリが割り込む。

「双方落ち着け」

シンリの冷静な声に釣られ、エイスケは自分が熱くなっていたことに気付いた。らしくない。罵《ば》倒《とう》されてもふらふらと揺れて揉め事《ごと》を避けるのがエイスケのやり方なのに、これではなんだか正面からぶつかってしまっているではないか。

なんだか気まずい。

「あー、悪かったよ。ちょっと外出てくるわ」

人と会う約束の時間には早いが、寄り道をして少し頭を冷やすとしよう。エイスケはそう考えると、そそくさと第十二課《テミス》の拠点を後にした。


エイスケの親友アルミロ・カサヴォーラが眠る墓地は、ケイオスポリスのサウス・エンドからスラムへ続くちょうど入り口のあたりにある。花束を持ってアルミロの元に向かいながら、エイスケはなぜ自分がこんなに腹を立てているのかを考えていた。

ケイオスポリスでは悪役《ヴィラン》が軽く見られるのは日常茶飯事だ。いちいち怒っていたらやっていけないし、現にユウカに罵《ののし》られた時は軽く流した。もはや何を言われたかすら覚えていない。

そもそもハルが言っていることは間違いではないのだ。他者を傷つけてでも叶《かな》えたい願いを悪望能力として顕現させた悪役《ヴィラン》は、そのほとんどが自分本位に振る舞う。悪役《ヴィラン》はクズ、と言われても仕方がない。

アルミロの墓に辿《たど》り着《つ》き、花束を置く。

「なんでハルに言われるとこんなに腹が立つんだろうな。顔が憎たらしいからか……？」

アルミロに聞いてみたいところだが、この親友が生きていたところで豪快に笑い飛ばすだろう。そういう男だったのだ。アルミロによく言われていた言葉を思い出す。

エイスケ、お前はいつも考えすぎだ。

あれは今から一年ほど前のことだったか。

身体《からだ》の丈夫な悪役《ヴィラン》とて、冬場の寒さは堪える。いつものようにアルミロと火を囲みながら、エイスケはアルミロに悪望能力についての相談をしていた。こういうのは悪役《ヴィラン》同士でないとできない。

「ガッハッハ！　エイスケ、お前はいつも考えすぎだ！」

「考えすぎて悪いってことはねえだろう、アルミロ」

大口を開けて笑うアルミロにエイスケは眉根を寄せる。アルミロはエイスケよりも二回りは年上に見える壮年の男で、エイスケはよくアルミロに仕事を教えてもらっていた。エイスケはアルミロのことを親代わりとして慕っていたが、それを言うとアルミロは顔をしかめ、そんな年じゃねえと機嫌を損ねるため、友人《アミーゴ》ということで落ち着いたのだった。

「俺たち悪役《ヴィラン》はさ、クズだろ？　やっぱり最期は惨めに死ぬと思うんだよな」

「ガッハッハ！　相変わらず暗いこと考えるなあエイスケ！」

「まあ聞けよ。それは別にいい、それは別にいいんだ。でもさ、どんなにしょうもない最期を迎えたとしても、俺には『これ』があった、『これ』があったんだから別にいいじゃねえかってのは欲しいんだよな」

「俺たち悪役《ヴィラン》にはあるだろう！　特別な、たった一つの『これ』という悪望が」

「あんたたちにはあるだろうが……俺にはない」

エイスケは肩を落とした。エイスケの悪望は自分のものとは思えない借り物のようなもので、この悪望に従って生きて最期を迎えた時、後悔しない自信が無かった。

「どんな悪役《ヴィラン》にも悪望はある。そういう奴らはいいよな。クズでも、外道でも、嫌われ者でも、惨めな最期を迎えたとしても、最後に『これ』があったんだからまあいいかって笑えるんだからよ」

心底羨《うらや》ましかった。悪役《ヴィラン》というのは、どいつもこいつも、自分の中に確固とした悪望を持っていて、それに忠実に生きている。エイスケのように、誰かの生き方を真似ただけの偽物とは違うのだ。

「だから考えすぎだ！　お前の悪望は必ずお前を笑って死なせる！」

「そうかあ？」

どうにも伝わっていない気がする。死んで、地獄に堕《お》ちて、現世よりも辛い地獄の責め苦が待ち受けていたとしても、『これ』に殉じたから耐えられる、エイスケはそんな悪望が欲しかった。偽物ではない、本物の悪望。

アルミロには分からないのだろう。その悪望能力で祖国を護《まも》ったアルミロは、エイスケのように空っぽではなく本物の悪望を抱いている。

まあいいさ、話す機会は何度でもある、とエイスケは諦《あきら》めた。アルミロとは付き合いが長い。今後も腐れ縁は続くだろう。

しかし、次にこの話題が二人の間で出ることは無かった。

アルミロ・カサヴォーラは殺されて、もういない。


アルミロの墓参りを終えて、隣接する教会に向かう。

教会への道の途中、古傷だらけの顔の男が、誰かの十字架の前で祈っているのが見えた。傷顔の男は、祈りを終えると、エイスケのほうを見て笑う。

「はあい、エイスケちゃん」

「……」

エイスケが即座に警戒態勢を取ったのは、その男から血の匂《にお》いがしたからだ。あまりにも濃厚な死の気配。それに、どこかで会ったことがあるような気がする。いったいどこだ？

「あなたもお墓参り？　あたしもね、お母さんに祈ってたの」

「あんた、何者だ？」

「どうだっていいじゃない、そんなの。本当はね、ちょっとエイスケちゃんとお話ししようかと思ってたんだけど」

傷顔の男は、エイスケの顔をジロジロと舐《な》め回すように見てくる。

「その表情を見たら興味無くしちゃった」

男の言うことは嘘《うそ》では無いのだろう。本当にエイスケに興味を無くしたかのように歩き出す。エイスケとすれ違った時、ポツリと男は呟《つぶや》いた。

「偽物の悪望。惨めね、あなた」

エイスケの悪望を知っているかのような発言が妙に引っかかって振り返るが、傷顔の男はエイスケのことを気にせずに去っていった。

「………偽物、ね」

教会へ歩きながら、エイスケは呟く。

心の内を見透かされたような気がしてもやもやするが、いまは分からないことを気にしていても仕方がない。アルミロに言わせれば、これも考えすぎなのだろう。

教会に顔を出して顔見知りのシスターに挨拶《あいさつ》をする。

談笑しながら、エイスケはこれみよがしに腕を動かし、ジャケットにつけた腕章がシスターの目につくように主張した。自分が定職に就いて普通の生活を送っていることを語りたいのだが、近所の連中には語りすぎて鬱陶《うっとう》しがられている。久しぶりに会う顔見知りと話す機会を逃すわけにはいかない。エイスケの思惑通り、シスターは何かに気付いたように声を上げた。

「エイスケさん、その腕章……」

「あー気付いちゃったかあ。この腕章に気付いちゃったかあ。実はさあ」

エイスケは早速自分の普通の生活について語ろうとしたが、シスターが気付いたのは別の件のようだった。

「エイスケさん、同じマークをつけたお友達がいらっしゃってますよ？」

「お友達？」

シスターが指をさしたほうに顔を向けると、花束のお化けみたいなのがいた。小さな手にたくさんの花束を抱えているせいで、視界が悪いのか、あちこちにぶつかりながらうろうろしている。確かにエイスケと同じ悪役対策局《セイクリッド》の局員だった。『正義』の悪役《ヴィラン》、ハル・フロストだ。見ていられない。慌てて花束をいくつか引き受けると、ハルと目が合う。

「エイスケ。なんでここに」

「親友の墓参りだよ。そっちこそどうして」

「家族の墓参りさ。……持ってくれてありがとう」

さきほど軽い喧嘩《けんか》をしたばかりなので気まずい。エイスケは無言で、ハルが墓地の中を進むのについていく。

ハルはとある一角の墓地に花束を置くと、祈りを捧《ささ》げた。次に違う墓に行くと、同じことを繰り返す。それを何度も繰り返す。十字架たちには死者の名前の他に孤児院の名前も彫ってあり、同じ出身であることが窺《うかが》えた。死んだ年を見れば、まだ子供のうちに亡くなったのが分かる。

「家族、って言ったか。……悪役《ヴィラン》に？」

「ああ。助けられなかった」

悪役《ヴィラン》犯罪は、エイスケやハルの年齢の子供にとっては、生まれた頃《ころ》からずっとあるものだ。

エイスケが生まれるずっと前には、世界にはたった一人の悪望能力者しかいなかったらしい。そのたった一人、『可能性』の悪役《ヴィラン》は、〝人間のさらなる可能性を見たい〟という悪望を抱いた。

それが、始まりだ。悪望能力者を生み出す悪望能力者の誕生。『可能性』の悪役《ヴィラン》の悪望能力によって、世界には悪役《ヴィラン》が溢《あふ》れかえるようになった。

そうして、世界は一度終わった。『凶獣』の悪役《ヴィラン》によって世界にはモンスターが跋扈《ばっこ》するようになり、『創造』の悪役《ヴィラン》によって超越器具が生み出され、『兵站《へいたん》』の悪役《ヴィラン》は世界戦争を巻き起こした。

エイスケたちは『可能性』の悪役《ヴィラン》が産み落とした第二の世界を生きている。

第二世界では今もなお、悪役《ヴィラン》犯罪による被害者が世界中で生まれている。

「エイスケ。僕はただ、皆が笑って過ごせる世界が欲しいだけなんだ。そのためなら、悪役《ヴィラン》を倒す剣だって振るう」

決意がにじむ言葉を、ハルがポツリと呟く。

ハルも、ハルの家族も、その被害者なのだろう。

「悪役《ヴィラン》は全員クズだ。僕が倒し、この街に平和を取り戻す」

悪役《ヴィラン》を憎む悪役《ヴィラン》。

ハルの気持ちは理解できる。ただ、理解できるだけだ。

ハルの事情を知っても、エイスケは共感できなかった。どうしても、出会ってきた悪役《ヴィラン》たちに救われたことが胸の内に刺さっているのだ。自分が死ぬことが分かっていながら友を助けた『予知』の悪役《ヴィラン》がいた。人々のために水を生み出すことを望んだ『渇水』の悪役《ヴィラン》がいた。祖国を侵略から護ったアルミロ・カサヴォーラがいた。

それらの願いは、悪役《ヴィラン》と呼ばれるほどに悪い願いだったのだろうか？

エイスケには分からない。誤魔化《ごまか》すように最後に手に持った花束を持ち上げる。

「この花は？」

「ああ、君も知っている人のためのものだ」

ハルの後をついていき、一つの十字架に着く。アシュリー・バークレイ、ここに眠る。エイスケが戸惑ったのは、聞き覚えの無い名前だったからだ。誰だ？

「分からないのか？」

ハルの声には、諦念《ていねん》の色が強く滲《にじ》んでいた。

「そうだろうな。気にするなよ、エイスケだけじゃないんだ」

ハルとエイスケの価値観の断絶に対する諦め。あるいは、ハルと他の人間とのだろうか。

「アシュリーはな、ブラハード・バーンに焼き殺された少女だ」

『燃焼』の悪役《ヴィラン》の被害者。書類の上でしか知らない、エイスケが名前すら覚えなかった少女。

めまいを覚えた。ハルのことを知れば知るほど、理解できなくなっていく。

エイスケにだって友人の死を悲しむ人の心はある。だが、自分が預かり知らぬところで殺された少女の名前を覚えて、死を悼む？　悪役《ヴィラン》溢れるこの第二世界では、ケイオスポリスでは、ありふれた悲しみだ。朝に新聞でも読めば、こんな悲劇はいくらでも転がっている。こんな風に起こった悲しみの全《すべ》てを背負ってしまえば、どこかでハルは限界を迎える。名前を覚えていないエイスケのほうが普通の感覚だろう。

「ハル、お前正気か？　そうやって護れなかったもの全部引きずって歩くつもりか？」

「当たり前だ。僕はな、エイスケ。悪い奴らを全員打ち倒して、罪のない人々を全員護れなくちゃ気が済まないんだよ」

それが悪望深度A、『正義』の悪役《ヴィラン》、ハル・フロストが戦う理由。他者を傷つける武器を手に取ってでも叶《かな》えたい『正義』の悪望。

ハルが、ウーロポーロに反抗した時のことを思い出す。あの時、ハルは、自分の命を危険にさらしてでも、殺人を拒否した。ハルにとっては、命を賭《か》けてでも『正義』は守るべきものなのだ。

正真正銘の、エイスケが持っていない『これ』。それがなんだかエイスケには妬《ねた》ましく思えて、毒づいてしまう。

「英雄《ヒーロー》気取りは結構だが、この街にそんなものはいねえんだぞ」

「英雄《ヒーロー》がいないから僕がなるんだよ。エイスケ。君が悪役対策局《セイクリッド》にいるのは認めても良いさ。ただ、僕の邪魔はするなよ」

去っていくハルに、エイスケは何も答えることができなかった。


「あ」

「む」

ハルとはしばらく距離を置いたほうが良いだろう。そう思っていたのだが、墓場で別れてから三十分後、エイスケは再びハルと顔を合わせてしまった。

「エイスケ、君は僕のストーカーか何かか?」

「そっちが俺の行く先々についてきてるんだが?」

エイスケとハルがいるのは荒れ果てた貧民街だ。『自動人形』の悪役《ヴィラン》アデリー・ソールズベリーと戦った場所である。アデリーの爪痕《つめあと》は深くこの地に残っていた。

エイスケはこの付近に住んでいたこともあり、スラムに知り合いが多い。今日は瓦礫《がれき》撤去の手伝

いをするため、ついでに通り道にある墓地に寄ったのだった。ハルも、おそらく同じだろう。また言い合いになる前にこの場を離れたいところだが、人と会う約束があるため、去るわけにもいかない。

「おー、エイスケ、来たか。そっちの瓦礫、どけてくれー！」

「おう、やっておく」

知り合いの男に頼まれて、瓦礫を手で運び出す。こういう時に悪役《ヴィラン》の身体能力は便利だ。軽々と持ち上げて、撤去作業を黙々と行う。

ふと同じ場所で作業をしているハルを見ると、エイスケよりも少しだけ分量が多い瓦礫を運んでいた。目が合うと、フンと得意気に笑う。張り合っているのだ。子供だな、とエイスケは思ったが、この程度が限界だと思われるのも癪《しゃく》だ。ハルよりも少しだけ分量を多く運ぶと、ハッ、とハルを鼻で笑った。

「……」

「……」

言葉を交わさぬまま、暗黙の競技が始まった。少しだけ相手よりも多く瓦礫を運ぶ競技。繰り返していくうちにエイスケとハルが持つ瓦礫の量は徐々に膨れ上がっていく。最終的に一度に十数メートルは積み上げた瓦礫を器用に運びながら、こんなことになったのを後悔していた。

しかし、今更エイスケのほうから止めるわけにもいかない。息を切らしながら、ハル、早く降参してくれと視線を送るが、ハルも高く積み上げた瓦礫を運びながら同じ目線を向けてくる。エイスケ、とっとと降参しろ。
「何をやっているのかネ？」

『少女愛』の悪役《ヴィラン》ウーロポーロ・ヨーヨーが呆《あき》れたような声で話しかけてくるまで、ハルとエイスケの意地の張り合いは続いた。


瓦礫撤去が終わった後のウーロポーロの活躍は圧巻だった。

ウーロポーロがパチリと指を鳴らすたびに、貧民街に新たな住宅が建っていく。『少女愛』の悪望能力による物質生成だ。それを見ていた周囲の人々が感嘆の声を上げた。そこにはエイスケも含まれている。

「マフィアが地区の復興も手伝ってくれるとは知らなかったな」

「ヨーヨー・ファミリーは市民に寄り添うマフィアだからネ」

ヨーヨー・ファミリーと悪役対策局《セイクリッド》が協力関係にあるという話はどうやら本当らしい。ウーロポーロによってあっという間に元の形を取り戻した貧民街にエイスケは感動する。

「それにしても旦那《だんな》の悪望能力、すげえな」

「すごいだろウ、少年。もっと褒めてくれたまエ」

「よっ、天才。ついでに俺のために金銀財宝も出してくれないか？」

「ダメに決まってるだろウ」

やっぱり駄目かあ、とエイスケは軽く落胆するそぶりをしておどける。マフィアのアジトではなく、外で会うぶんには逃げ場が多い。ウーロポーロと話していても先日ほど緊張はしなかった。

「そもそも、自由自在に好きな物体を出せるような便利な能力では無いのだヨ。性質としてはキミの悪望能力に似ているものダ」

「似ている？　『不可侵』の悪望能力と？」

「まさカ。白々しいじゃないカ」

ウーロポーロは笑い、エイスケの耳元で一言囁《ささや》いた。

「――――とだヨ」

「……旦那」

エイスケが警戒するようにウーロポーロを睨《にら》むと、おお怖イ怖イとウーロポーロは引き下がった。

「それで、ワタシに聞きたいこととはなにかネ？」

ウーロポーロに聞き込みの約束をして呼び出したのはエイスケだ。ウーロポーロが指定した場所が、エイスケにとっても用事のある場所だったのは都合が良かった。どうやらウーロポーロも復興作業のためにここを指定したらしい。

ブラハード・バーンが使用していた悪望能力を強化するドラッグ。ウーロポーロは、確かにそのドラッグのことを口にしていた。何か情報を握っているかもしれない。

「ブラハードが悪望能力を強化するドラッグを使っていた話は聞いているだろう？　旦那が何か知っているかと思ってさ」

「こちらで何か掴《つか》んだら、ユウカに伝える手筈《てはず》になっているヨ。ユウカは元気かネ？」

ウーロポーロが相好を崩した。子供の話で惚気《のろけ》る親のような表情だ。

「あの娘は悪役《ヴィラン》が嫌いなのだろうが、嫌そうな表情もまた良いんだよネ」

「……旦那？」

常に人員が不足している第十二課《テミス》が、よくヨーヨー・ファミリーのような大規模マフィアと協力関係を結べたものだと思っていたが、よく考えたらウーロポーロは『少女愛』の悪役《ヴィラン》なのだ。たんにユウカのことが気に入っているから協力してくれている可能性がある。

「ユウカは、まあ元気そうだったぜ」

そうかイ、と満足そうに頷《うなず》くウーロポーロ。もしかしたらユウカはヨーヨー・ファミリーから無償で情報をむしり取っているんじゃないかと不安になってきたが、怖くて聞けない。悪役《ヴィラン》を駒《こま》としか思っていないあの少女ならあり得る話だ。

とにかく、情報提供にウーロポーロは乗り気のようだ。エイスケは気を取り直すと、次の質問をすることにした。ある意味、こちらが本命だ。

エイスケは、ハルと一緒に『燃焼』の悪役《ヴィラン》ブラハード・バーンの拠点に乗り込んだ時のことを思い出していた。あの時、急な襲撃であったにも拘わらず、ブラハードと手下たちはエイスケたちに即座に対応してきた。まるで、最初から悪役対策局《セイクリッド》の襲撃を察知していたかのように。

「ブラハードに、悪役対策局《セイクリッド》の情報を伝えていた人間がいるかもしれない」

「ブラハードにかネ？」

「俺とハルがブラハードの拠点を襲撃した時、ブラハードたちの対応が早すぎたんでな。例えば、誰かが悪役対策局《セイクリッド》の襲撃を予《あらかじ》めブラハードに伝えていたのかもしれない」

「いつも準備していたのかもしれないネェ」

「それだけじゃない、ハルの報告書にはこう書かれていた。〝ブラハードが僕の名前を知っていた。名前が知られてきていて嬉《うれ》しかった〟。悪役対策局《セイクリッド》の特別捜査官の名前が、焼殺犯に知られてるなんてことあり得るか?」

ましてや第十二課《テミス》は新興の組織だ。悪役対策局《セイクリッド》と協力関係にあるヨーヨー・ファミリーのメンバーですら、ハルの顔を覚えていなかった。

「ハルが有名になったのかもしれないネェ」

「誰かがブラハードにハルの名前を垂れ込んでいたってほうが筋が通るぜ。例えば、ブラハードの拠点情報を提供してくれた親切なマフィアとかな」

ウーロポーロを露骨に疑っている発言に対して、ウーロポーロは怒るでもなく、呆れた表情を浮かべた。

「エイスケ、子供がじゃれついてくるのは嫌いじゃないガ、思ってもないことを言うのはやめたほうが良イ。キミだって気付いているんだろウ?」

「うぐ」

エイスケは口を閉じた。エイスケだって分かっている。あの日、ウーロポーロを訪ねたのはハルの気まぐれだ。

そもそも『少女愛』の悪役《ヴィラン》ウーロポーロ・ヨーヨーは、少女を殺したブラハードに怒りを抱いていた。ブラハードと繋《つな》がる理由が無い。悪役《ヴィラン》は嘘《うそ》をつくことはあっても、己の悪望に嘘をつくことは断じてない。

しかし、ウーロポーロ以外を疑うとなると、一つの組織が有力候補に上がってしまう。

「キミたちの行動を把握していテ、事前にブラハードに情報を提供できる組織があるだろウ」

「やっぱり、そうなるよな」

「悪役対策局《セイクリッド》。それも第十二課《テミス》の誰かだろうネ」

エイスケはため息をついた。ブラハードをハルとエイスケが調査していることを知っていて、ブラハードに悪役対策局《セイクリッド》の行動を伝えることができる組織。それが悪役対策局《セイクリッド》だったら筋が通るのだ。

何より問題なのは。

「旦那、この場合、一番怪しいのって誰《だれ》だと思う?」

「目的を隠して悪役対策局《セイクリッド》に潜り込んだ新人」

「ですよね!」

ただでさえ新入りのエイスケには踏み込みにくい問題だ。悪役対策局《セイクリッド》に内通者がいるのが確定するまでは、黙っておいたほうが良いだろう。

「エイスケ、悪役対策局《セイクリッド》が嫌になってマフィアになりたくなったらいつでも訪ねてきてくれて良いゾ」

「いやあ、旦那。こっちはこっちで事情があるんだよ。しばらくは悪役対策局《セイクリッド》の世話になる予定さ」

「それは残念。聞き込みはこれで終わりかネ?」

「ああ。知りたいことが知れて助かったよ」

「そうかイ。それはそれとしてだネ」

ウーロポーロは離れたところで座っているハルの様子を窺《うかが》う。ハルはなんだかふてくされた様子で休憩していた。

「ハルと何かあったのかネ。なんだかキミたち、ぎこちないじゃないカ」

「あー、ちょっと揉《も》めちまってね」

エイスケが気まずそうに言うと、ウーロポーロは目を輝かせた。お節介な親戚《しんせき》のおじさんのように身を乗り出してグイグイ踏み込んでくる。

「相談に乗ろうじゃないカ。ワタシはこう見えても悪役《ヴィラン》同士の揉め事《ごと》解決は専門分野サ」

「あんた部下の揉め事をアームレスリングで決着つけてなかったか?」

とてもじゃないが揉め事の解決が上手《うま》いようには見えない。相談したら「ボクシングで決めるのはどうかネ?」なんて言い出しかねない。

しかし、ウーロポーロはこれでもマフィアの首領を務めている男だ。解決方法はともかく、悪役《ヴィラン》同士の揉め事に慣れているというのは嘘じゃないだろう。相談してみるのも良いかもしれない。

エイスケは事の経緯を説明した。ハルとバディを組んだこと、模擬戦が上手くいかないこと、ハルが悪役《ヴィラン》を嫌っていること、そう言われてエイスケはモヤモヤしていること、ハルの話を聞いたうえで共感できないこと。ウンウンと頷いていたウーロポーロは、後半のくだりになるにつれてニヤニヤと笑みを浮かべ、最後まで聞くと口元を手で覆いながら叫んだ。

「つまり……そういうことだネ！」

「どういうことだよ」

「キミたちに足りないのは会話だということだヨ」

「あっ、ちょっと旦那、引っ張るなって、いや力強……⁉」

ウーロポーロに無理やり連れられてハルの元に赴く。地面に座っていたハルが、ぶっきらぼうな声で突き放すように口を開く。

「なんの用だよ」

「喧嘩の仲裁サ」

ウーロポーロはそのまま地べたに座り込むと、エイスケにも座るように促す。高級そうなスーツが汚れているが、気にした様子は無い。

「さてエイスケ、キミはハルにクズだと言われて、腹を立てたんだネ？」

「そりゃあ誰だってそうだろ」

「でもキミはそういうタイプじゃなイ。ワタシが見たところ、誰かに罵《ののし》られても受け流す度量を持った人間ダ。それがハルに言われると腹が立ツ。どうしてだイ」

「どうしてって……」

エイスケはハルの顔を見たあとに、何か言おうと思って、躊躇《ためら》い、最終的に吐き捨てた。

「言い方がムカつくからじゃないか？」

ハルが少しショックを受けたような顔をして、思ってもないことを言ってしまったエイスケは罪悪感に駆られる。

「ウーン。なるほどネ。質問を変えよウ。エイスケ、先日ワタシとハルが揉めた時、キミはハルの味方をしたネ？　その時、どう思った？」

「どうって……」

またしてもエイスケはハルの顔をチラチラと見る。

「マフィアの首領相手に啖呵《たんか》を切って、気持ち良い奴《やつ》だとは思ったけどさ。それに、ブラハードとの戦いも凄《すご》かった。口だけじゃなくて、力が伴ってる奴だと思った」

思っていることを話しながら、エイスケは自分の気持ちを少しだけ把握することができた。頬《ほお》が熱くなっているのを感じる。

なんだ、要するに、俺は思っていたよりもハルのことを気に入ってるのか。

いつもはへらへらと避ける挑発に、乗ってしまうのはそのためだ。エイスケは、自分の気持ちをポツリと呟《つぶや》く。

「すげえと思ってる奴に、クズだと思われたくない」

「ウンウン」

ウーロポーロは良いものを見たと言わんばかりにサムズアップする。良い笑顔だった。

「何言わせるんだよあんた！」

まあまあ、とウーロポーロはエイスケを宥《なだ》めると、次はハルと向き合った。

「ハル、次はキミの番だ。キミは悪役《ヴィラン》をとても嫌っているネ?」

「そうだよ」

「でも、エイスケとバディを組んで模擬戦をする気になっタ。それはなぜだイ?」

「なぜって……」

ハルはエイスケの顔を見たあとに、何か言いかけて、躊躇い、最終的に吐き捨てた。

「気まぐれだよ」

まあ、そうだろうな。エイスケは少し期待していた自分に気付いてしまったが、なるべく顔には出さないように努める。

「ウーン。なるほどネ。質問を変えよウ。ハル、先日ワタシとキミが揉めた時、エイスケはハルの味方をしたネ? その時、どう思った?」

「どうって……」

またしてもハルはエイスケの顔をチラチラと見る。

「そりゃ……嬉しかったけどさ。シンリやディルクだったら絶対僕のほうを止めるだろうし。それに、ブラハードの『燃焼』から僕のことを護《まも》ってくれた。だから、だからさあ」

ハルはポツリと呟いた。

「エイスケは、もっと僕のことを分かってくれると思ってた。模擬戦も、もっと上手くいくと思ってた」

それはおそらく、ハルの本音だった。なんだ、要するに、思ってたよりも互いのことが分かっていなくて、拗《す》ねていただけなのか。

「ウンウン」

ウーロポーロは良いものを見たと言わんばかりに再度サムズアップする。良い笑顔だった。

「何言わせるんだよウーロポーロ……」

ハルはウーロポーロのほうを恨みがましく見るが、まあまあとウーロポーロはハルを宥める。

ウーロポーロはエイスケとハルを引き寄せると、二人と目を合わせて、諭すように言う。

「これで分かったかネ？　コミュニケーションの第一歩は、互いに何を理解していないのかを知ることダ。キミたちに足りないのは会話だヨ」

エイスケはハルのことが分からない。

悪役《ヴィラン》と悪役《ヴィラン》が会話した程度で上手くいくとも思っていない。おそらく、ハルもそうだろう。それでも、同じ道を歩むことはなくても、共感はできなくても、どこかに、同じ方向を向くぐらいの妥協点はあるのかもしれなかった。

「まあ、子供のダダに合わせるぐらいはしてやるか」

「エイスケ、前から思ってたけどやけに子供扱いするじゃないか。僕は十五歳だぞ」

「十五⁉　でも俺は十七だから俺のほうが大人だな」

「なんで今驚いた？　こんな極小生物、五歳ぐらいだと思ってたか？　そうなんだな？」

「いやそこまでは思ってねえけどよ」

それから色々なことを話した。出身地、気に入っている場所、好きな食べ物、起きる時間。目玉焼きに何をかけるのかまで。ウーロポーロがいつの間にか去っていったことにも気付かず、エイスケとハルは話し込んだ。

結果。

「びっっっっっっくりするぐらい話が合わないな!?」

「ショウユ、あれをかける人間ってシンリだけじゃなかったのか。もしかしてエイスケの国の人間ってマジであれを美味《うま》いと思ってるのか?」

「それ言ったら戦争だろうが!」

話せば話すほど全くバディとしてやっていける気がしないことにエイスケは戦慄《せんりつ》した。さっきのちょっと良い雰囲気はなんだったんだ?

しかし、収穫もあった。

「まあいいや。ハル、二対二の模擬戦で勝つ方法思いついたぜ」

エイスケはハルに方法を伝えた。

「なるほどね。僕らしいな。それは」

エイスケとハルは悪い笑みを浮かべた。

エイスケとハルは、第十二課《テミス》拠点内の訓練室に集まっていた。対面にはローマンとアレクサンドラが武器を構えている。再び、エイスケ・ハル対ローマン・アレクサンドラで模擬戦を行うのだ。

「何度戦っても同じことです」

「ほっほっほ。油断してはいけませんよ、サーシャ」

柔和な笑みのローマンと、真顔のまま静かに闘志を燃やすアレクサンドラ。ユウカが見守っているため、張り切っているのだろうか。どちらも、自分たちが負けるはずがないと思っている。その余裕を引き剥《は》がす策を、エイスケとハルは持ってきた。

シンリが確認するようにエイスケとハルに問いかけた。

「エイスケ、ハル、やれるのか？」

「ああ」

「問題ない」

二人で力強く頷《うなず》く。先日とは打って変わったエイスケとハルの態度に、シンリは生真面目《きまじめ》な表情のまま深く何度も頷く。

「どうやら、バディとしての自覚が芽生えたようだな。ついにチームワークの重要性を理解してもらえたか。見せてもらうぞ、二人の絆《きずな》を」

シンリの表情は変わりにくいため分かりづらいが、どうやら感動しているらしい。模擬戦を行うたびにチームワークを説いていた苦労が報われたのだ。感無量だろう。

四人がそれぞれ構えて準備が完了すると、シンリが模擬戦開始を宣言した。

「それでは、始め！」

試合開始の合図と共に、エイスケは巨大な障壁を部屋を割るようにして張った。部屋を真っ二つに割る、巨大な障壁。

エイスケとローマン、ハルとアレクサンドラがそれぞれ『不可侵』の障壁によって分断される。

「は？」

シンリの唖然《あぜん》とした声を聞きながら、エイスケは得意気に宣言した。

「俺は気付いた。ハルのことを理解するのは不可能だとな！」

「僕も気付いた。どうやら悪役《ヴィラン》とバディを組むのは向いてないらしい」

「だが、背中を少しだけなら預けてやってもいい」

譲れぬ確かな悪望がある以上、真に悪役《ヴィラン》を理解することなどできないというのがエイスケとハルの結論だった。お互いの道は平行線で決して交わらない。しかし、同じペースで歩くことならできるかもしれない。

エイスケは障壁越しに拳《こぶし》と拳をハルと合わせる。

「負けるなよ」

「そっちこそ」

こうして状況を分断すれば、エイスケとハルはそれぞれの敵に集中できる。

互いのソロプレーの盤面を整えるところまでがエイスケとハルのチームワークだ。エイスケはハルのことを意識から手放し、目の前の敵に集中し始めた。

十分後、エイスケとハルは仲良く倒れ伏していた。

「負けてんじゃねえか」

「そっちこそ」

障壁で状況を分断するという手段に無理があった。ハルの『正義』の悪望能力がたやすくエイスケの障壁を砕いてしまうため、あっという間にローマンとアレクサンドラに合流され、チームワークの差で見事に敗北してしまったのである。

「障壁をその剣でバリンバリン割ってたら分断の意味無いでしょうが！」

「透明で分かりづらいんだよ！　次から障壁を虹色《にじいろ》に輝かせろ！」

「無茶を言うな！」

エイスケとハルがうつ伏せのままいがみ合っていると、二人に影が落ちた。

見上げると、シンリが見たこともない笑顔でこちらを覗《のぞ》き込んでいる。その笑顔には、二人が全く話を聞いていなかったことへの怒りが混じっているようにも見えるし、二人に気持ちが全く通じていなかったことへの哀愁が混じっているようにも見えた。分かるのは、今から、過去最大の説教が始まるということだけだ。

「「やべ」」

エイスケとハルは一目散に逃げ出した。

後日『秩序』の悪役《ヴィラン》に聞いたところ、エイスケとハルの逃避行は、それはそれは息が合っていたという。

ユウカはシンリに追い回されるエイスケとハルを眺めながら、内心でため息をついた。

やはり悪役《ヴィラン》にチームワークを求めるのは難しいらしい。

訓練室を後にして、自身に与えられている執務室へと歩き出しながら、祖父の教えを思い出す。

＊＊＊

「ユウカ、誰《だれ》も信じるな。全ての者を疑え」

両親が亡くなってから、誰も信じるな、が祖父の口癖となった。信じていた人間に裏切られ、殺された両親。それはユウカに二の舞を演じさせまいとする、祖父の愛だったのかもしれない。だから、ユウカは素直に祖父に従った。

「ええ。分かっています。お祖父様」

ユウカもまた、両親を殺した悪役《ヴィラン》を恨んでいた。

どんなことをしてでも、このケイオスポリスから、この世界から、悪役《ヴィラン》を掃討したかった。だから、祖父の力を存分に借り受けることにしたのだ。

ユウカは優秀だった。桜小路家の後継者として、帝王学をまたたく間に吸収していく。

桜小路家の跡取りとして、英才教育を受ける日々。他者から知識を得るのを是としながら、同時に他者を疑わなくてはならない矛盾。信じず、疑い、しかし知を奪う。そんな日々を繰り返しながらも、ユウカの心が折れなかったのは、傍らにいつもローマン・バトラーがいたからかもしれない。

ローマンは祖父の代から桜小路家に仕えている執事だ。『忠誠の剣』は桜小路家の敵を打ち倒すための悪望能力であり、護衛執事として最高位の戦闘能力を誇る。もちろん、戦闘だけではなく、執事としても優秀でなければユウカの側近に選ばれることは無い。

ローマンのサポートは完璧《かんぺき》だった。的確な時間管理でユウカのスケジュールを無理がないようにコントロールしながら、ローマン自らも教育に参加する。日々、充分な睡眠時間を取りながら多忙なスケジュールをこなせたのは、ローマンの力があったからだ。

しかし、それでもユウカは、誰も信じることができない。桜小路家の資産を狙《ねら》う敵は多い。両親は悪役《ヴィラン》を信じて殺された。誰かを安易に信じれば、ユウカに待っているのは惨めな死だ。

誰も信じるな。全ての者を疑え。

祖父の言葉が、呪《のろ》いの鎖のようにユウカの身体《からだ》を縛っている。

ある日、屋敷の自室で、ローマンに問うたことがある。

「ねえ、ローマン。あなたは、必ずわたしを護《まも》ってくれる？」

「もちろんですとも」

「どんな敵が来ても？」

「必ず打ち倒します」

「あなたが死ぬとしても？」

「必ず護り通します」

ローマンの言葉を聞いて、ユウカは昏い瞳《ひとみ》でうっすらと笑う。

信じられなかった。口ではなんとでも言える。ましてやローマンは悪役《ヴィラン》だ。祖父の言葉が繰り返し、ユウカの中で響く。誰も信じるな。全ての者を疑え。

「ローマン。あなたはわたしの命令を何でも聞いてくれる？」

「私は桜小路家の『忠誠の剣』。ユウカ様の命令は遵守致します」

ユウカはにこりと笑った。

「じゃあ死んで？　――待ちなさい！」

すぐに命令を停止したのは、ローマンが躊躇《ためら》いなく剣で自分の胸を刺そうとしたからだ。ローマンの胸元からポタポタと血が滴り落ちる。ユウカの制止はギリギリのタイミングで、少しでも遅れていたらそのままローマンは死んでいただろう。

ユウカの言葉なら、意味を疑わずに命を捨てるほどの献身。

ローマンのユウカへの忠義を見て、ユウカの瞳から、涙がこぼれ落ちる。

「ユウカ様。大丈夫ですよ。私がいます」

「ええ。ありがとう。ローマン」

ローマンの胸元に縋《すが》りついてユウカは泣いた。

ユウカは、自分の気持ちに戸惑ったのを、今でも覚えている。

あれから幾年もの歳月が流れた。

その間に、ローマンと同等の技量を持つアレクサンドラを手に入れ、シンリと手を組み、ハルをスカウトし、新興の第十二課に必要なメンバーを少しずつ集めた。ユウカの計画は順調に進行している。

新しく仲間に加わった悪役《ヴィラン》も、ユウカの計画に欠かせない人材だ。

悪役対策局《セイクリッド》のユウカ専用の執務室で、ユウカはその新入りと二人きりで会っていた。

誰も信じるな。全ての者を疑え。祖父の呪いの言葉を胸に刻みながら、ユウカは今も悪役《ヴィラン》と対峙《たいじ》している。

「それで、何の御用ですか？　エイスケさん」

己が考えていることを悟られないように充分に声色を調整しながら、ユウカは笑顔でエイスケに語りかけた。

ユウカとエイスケは二人きりだが、ユウカに不安は無かった。第十二課《テミス》の拠点には対悪役《ヴィラン》用の武器・罠《わな》が無数に仕掛けられており、ユウカの指示一つで使用できるようになっている。エイスケが突如裏切ったとしても、無効化できるだけの充分な設備があるのだ。

「あー、言いづらいんだが」

エイスケは躊躇いながらも、本題を口にした。

「悪役対策局《セイクリッド》に、内通者がいる」

四章 『暴力』の悪役《ヴィラン》

悪役《ヴィラン》によくある話として、一般人をターゲットにしたコンテンツが充分に楽しめない問題というのがある。反射神経を使うゲームなんかは欠伸《あくび》まじりにやってもハイスコアが出るし、ジェットコースターもゆっくり動くように感じて退屈だ。

エイスケは、映画もそれらと同じ問題を孕《はら》んでいると思っている。今日観たサメ映画は最悪だった。征暦《せいれき》197X年に公開されたばかりの新作映画なのだが、なにしろ緊張感が無い。凶獣を見慣れているエイスケにとってはただの動物には全く恐怖を感じないし、現実にサメに噛《か》まれたところでサメの歯のほうが折れるだろう。

映画鑑賞はエイスケの穏やかな普通の日常に欠かせないものだが、パニック映画は悪役《ヴィラン》であるエイスケにとってはハズレ映画ということになりそうだ。という風にエイスケは結論づけたのだったが、隣を歩いているヤツにとってはそうではなかったらしい。

「エイスケ！　めちゃくちゃ面白かったな！」

「そうかあ……？」

ハル・フロストは感極まった様子で、動かずにはいられないのか、街中でシュッシュッとシャドーボクシングを始める。

「主人公の保安官が勇気を出してサメに立ち向かっていくシーンは最高だった！」

「主人公サイドが弱すぎないか？　俺は主人公が無双する感じの映画が好きなんだよなあ」

「強い人間が立ち向かうのは普通じゃないか。弱くても誰かを護るために立ち向かう姿に僕は勇気を貰《もら》ったぞ！」

　エイスケは肩をすくめる。ハルとは休日につるむことが多くなったが、大半のところで意見が合わない。しかし、それなりにハルと付き合ってみて気付いたのは、意見が合わないと気が合わないは、イコールではないということだ。エイスケは真っ向から意見がぶつかることの多いハルを、そこそこ気に入っていた。

「まあいいや。次は寿司屋に付き合う約束だったよな。見ろよこのチラシ、シャーク印の寿司屋だってよ。今日はここで昼飯を食うぞ」

「なんだよシャーク印って。サメが寿司を握ってるのか？」

「なんかの喩《たと》えなんじゃないか？　サメが食いに来るほど美味《うま》いとか――」

　エイスケが途中で言葉を止めたのは、目の前を悪役《ヴィラン》がよぎったからだ。その悪役《ヴィラン》は、空中を飛んでいた。背中にマントを羽織り、両手両足を真《ま》っ直《す》ぐにピンと伸ばして飛んでいる。

「ふぅぅぅぅはははは！　空を飛ぶのサイコー！」

　空飛ぶ悪役《ヴィラン》の楽しそうな笑い声が遠ざかっていくのを、エイスケは見送った。少し遅れて、「その悪役《ヴィラン》待ちなさい！」と警察車両が追っていく。明らかにケイオスポリスの法律に違反した飛行行為だ、当然だろう。

手伝うことは全く考えなかった。今のエイスケとハルは非番である。その上、エイスケの舌は寿司の気分になっている。ケイオスポリスには美味い肉料理が多いが、魚料理はエイスケの舌に合うものがなかなか無い。寿司を思い浮かべ、口内によだれを溜《た》め込みながらエイスケは悪役《ヴィラン》とは逆方向に歩き出して、ガシリとハルに肩を掴《つか》まれた。

「おいハル、まさかとは思うが」

「捕まえるぞ」

「せっかくの休日だぞ⁉　早く行かないと寿司が売り切れちまう！」

「僕、生魚苦手なんだよなあ」

「じゃあなんで付き合う約束した！」

そういうところだぞ、とエイスケが抗議するのも虚しく、ハルはエイスケの首を掴むと全速力で走り出した。街中の人混みを避けるため、ハルは通りのビルの壁を駆け上ると、そのまま壁を走り続ける。エイスケは首を掴まれたままだ。鯉のぼりのようにたなびきながらエイスケは寿司をそっと諦《あきら》めた。

ハルほどの悪役《ヴィラン》の身体能力ならば、本気を出せば追いつくのは簡単だ。すぐに空を飛んでいる悪役《ヴィラン》に追いついた。エイスケとハルが走って追ってきていることに、飛行悪役《ヴィラン》も気付いたようだった。瞳が赤く染まっているのが分かる。アデリーやブラハードの時と同じだ。

「悪役対策局《セイクリッド》か！」

「大人しく捕まって寿司をおごれ！」

「ふぅぅぅははは！　捕まらんよ、今日はコウモリ男はいないのだろう？」

なんでそれを知ってやがる、とエイスケはひとりごちる。空を飛べるアレックス・ショーがいれば、と思うが、今は別件で離れた場所を捜査している。飛行悪役《ヴイラン》に限らず、最近の事件では第十二課《テミス》の情報が漏れていることが多くなった。結果、悪役《ヴイラン》の対処に困って時間が取られ、それによって次の悪役《ヴイラン》の対処に困る悪循環が続いている。忙しさに押《お》し潰《つぶ》されそうになりながらも、今日はようやく取れた非番の日だった。

「アレックスがいなくても僕とエイスケなら大丈夫だ。エイスケ、合わせろ」

「分かってるよ！」

泣き言を言っている暇は無い。ハルが言わんとしていることを汲《く》み取《と》り、エイスケはハルの動きに集中した。

ハルがビルの壁を駆け上がって、空に向かって飛ぶ。しかし、このままでは全く飛行悪役《ヴイラン》には届かない。

「やけになったのかな？　ふぅぅぅははは……はっ⁉」

飛行悪役《ヴイラン》が驚愕《きようがく》したのは、そのまま空中を走り続けるハルを見たからだ。正しくは、ハルの動きに合わせて、エイスケが『不可侵』の悪望能力によって直方体の障壁を作り、足場にしているのである。『不可侵』の悪望能力は、たとえ能力が知られていても応用範囲が広く対処されにくいのが長所だ。

エイスケが合わせるのをしくじればハルはそのまま落下するというのに、ハルが恐れる気配は全く無い。エイスケとハルのコンビネーションは、事件を解決するたびに洗練されつつあった。

あっという間にハルは飛行悪役《ヴィラン》に追いつくと、そのまま『正義』の悪望能力で剣を具現化し、思いっきり振るった。剣が直撃した飛行悪役《ヴィラン》が気絶する。ハルは飛行悪役《ヴィラン》を器用に抱えると、エイスケが障壁によって作った透明な階段を下りてきた。

事件解決。エイスケとハルは笑って拳《こぶし》と拳をかち合わせた。


ブラハードとの戦いから二ヶ月が過ぎた。つまり、エイスケとハルがバディを組んでからも二ヶ月が経《た》ったことになる。

エイスケは悪役対策局《セイクリッド》のオフィスの自席で資料をパラパラとめくっていた。調査班によって、ブラハードが出入りしていた場所はおおかた上がっている。あとはここから強化ドラッグの出どころを絞り込むだけなのだが。

「なんかあの注射器、見覚えあるんだよなあ」

思い出せそうで思い出せない。モヤモヤが募るばかりだ。ブラハードを殺害した犯人の手がかりも見つかっておらず、行き詰まっていた。

エイスケは息抜きに別案件の資料を手に取った。そこには見知った女の写真が貼り付けてあった。なぜか右手の甲を左頬に押し付けて笑っている女。高笑いが今にも聞こえてきそうだ。自律機械暴走犯、アデリー・ソールズベリーである。エイスケは犯行動機を読み上げる。

「犯人は〝なんだかむしゃくしゃしてやりましたわ〜〟と供述しており……？」

あいつホントに何だったの？　とエイスケが呆《あき》れていると、後ろからユウカが資料を覗《のぞ》き込んできた。ユウカの後ろにはいつも通り、二人の執事が物静かに控えている。

「最近そういった悪役《ヴィラン》の犯行が多いんですよね。春だからでしょうか？」

「……」

悪役対策局《セイクリッド》選考試験の最後、エイスケはユウカの悪役《ヴィラン》嫌いの一端を垣間見《かいまみ》たが、ユウカはその後も悪役対策局《セイクリッド》のメンバーとの親しげなコミュニケーションを崩さない。これが演技だとしたら大したものだ。

それはともかく、この二ヶ月の間に、エイスケは赤い瞳《ひとみ》の悪役《ヴィラン》に何度も遭遇していた。

「アデリー・ソールズベリー、ブラハード・バーン。二人とも戦闘時に赤い瞳をしていたのは報告したよな？　他にも何人か、そういう悪役《ヴィラン》に会った」

「ええ。エイスケさん以外の方からも、同様の事件が報告されています。第十二課《テミス》の管轄での事件が多いため、最近は大忙しですよ。何らかの悪望能力による可能性はありますが、少なくとも悪役対策局《セイクリッド》の登録情報にはそういった悪望能力を持った悪役《ヴィラン》は存在していません」

仮に悪望能力だったとしても、目的が掴めない。逮捕された悪役《ヴィラン》には共通項が存在しないのだ。ただ悪役《ヴィラン》を暴れさせて、何の意味があるのだろう。悪役対策局《セイクリッド》への嫌がらせか？

「何が目的なんだろうな」

「悪役《ヴィラン》の悪事の動機を考えるのは無意味ですよ。彼らはただ、己の悪望に忠実なだけですから」

「……まあ、それもそうか」

ユウカの言うことは正しい。ブラハード・バーンだって人間を燃やしたことに意味なんてなく、ただ燃やしたいから燃やしただけなのだ。悪役《ヴィラン》を暴れさせたいだけの悪役《ヴィラン》がいたって不思議ではない。エイスケは考えることを放棄した。

「そういえば、アデリーはこのまま東の監獄島送りなのか？」

「いいえ、条件次第では釈放されるはずですよ」

他者の精神に干渉する悪望能力が仮に存在するとしたら、悪望深度A以上なのは間違いないだろう。地下闘技場のペット探しを手伝ったばかりにそれほどの大物に狙《ねら》われたのだとしたら可哀相だとアデリーに同情していたエイスケは、青髪の青年がこちらに近づいてくるのに気付いた。

第十二《テミス》課調査官、『分析』の悪役《ヴィラン》ディィルク・ヘルブランディだ。

「エイスケさん、例の件の調査が終わりましたよ」

「おう、悪いな。私用みたいなものを手伝ってもらっちまってさ」

「いえいえ。僕は例のアレを貰えるだけで結構ですから」

「それなんだが……報酬はマジでアレでいいのか？」

「アレってなんですか？　何か違法なものではないでしょうね？」

ユウカが訝《いぶか》しげな目でエイスケを見る中、エイスケはデスクから報酬として要求されたものを取り出す。それは、紙だった。自己紹介用の質問が書かれたカードで、エイスケは律儀にその回答を埋めて、血液型、誕生日、好きな食べ物などを書き並べている。それをディィルクに手渡すと、ディルクは書かれた内容を二度読んでから、満足そうに頷《うなず》いた。

「結構です。こちらが依頼された内容の調査結果です」

「まあ、あんたが満足ならいいんだが……」

素直に怖い。嘘《うそ》の内容を書くことも思いついたが、露見した時のことを恐れて素直に全《すべ》て書いてしまった。

「てっきりエイスケさんはこういった質問に嘘を書くタイプだと思っていたのですが、全て本当のことが書いてありますね。意外性があって満足しました」

「全部知っているなら書かせる必要あった？」

悪役対策局《セイクリッド》の悪役《ヴィラン》の奇行にいちいち突っ込んでいては身が持たない。エイスケはこれ以上のツッコミを諦めると、ディルクから渡された調査結果の封筒を開いた。後ろから興味深そうにユウカが覗いてくる。

「これは……悪役《ヴィラン》の調査結果ですか？」

「ああ。ちょっと気になるやつとすれ違ってね。ディルクに依頼して調べてもらった」

アルミロの墓参りを終えた後に出会った、古傷だらけの男。

調査資料には、こう書かれていた。『暴力』の悪役《ヴィラン》アンブローズ・ランス。エイスケでも名前だけは知っている大物だった。恐る恐るディルクに確認する。

「『暴力』のアンブローズって言うと、『少女愛』のウーロポーロ・ヨーヨーと戦って唯一生き残った悪役《ヴィラン》っていうあの……？」

「はい。懸賞金三千万リゴベスドルの大物です」

ウーロポーロとアンブローズが戦ってケイオスポリスの一区画が吹き飛んだ話を聞いた時は、絶対に関わらないようにしようとエイスケは心に誓ったものだった。まあ既にウーロポーロとは関わってしまっているのだが。悪役対策局《セイクリッド》にいると普通の日常がどんどん遠ざかっているのを感じるが、これぱかりは親友を殺した犯人を捕まえるまで我慢するしかない。

アンブローズほどの大物がエイスケに会いに来ていたとは信じられないが、資料に貼られているアンブローズの顔写真は、確かにエイスケが目撃した男と同一人物だ。アンブローズは二年前にウーロポーロと戦ってからは、表社会からも裏社会からも姿を隠している。ヨーヨー・ファミリーと事を構えた以上、見つかればまた戦いに発展しかねないからだ。今になって、なぜ目立つような行動をする?

それにしても、とエイスケは資料の詳細さに舌を巻いた。

「よく会った場所を伝えただけで、アンブローズだと分かったな?」

「それが僕の『分析』の悪望能力ですからね」

ディルクが軽く右手を上げる。ディルクの『分析』は、触れた物質の情報を読み取る悪望能力だと聞いている。今の口ぶりからして、場所、無機物の記憶を読み取ることもできるのだろうか。それが本当なら、悪役対策局《セイクリッド》の調査班が優秀なのも理解できる。

感心しながら、エイスケはアンブローズの資料を読み進めた。アンブローズの悪望能力、経歴、思想、第三世界推進派。

「ん？　第三世界推進派ってなんだこれ？」

「ある種の悪役《ヴイラン》に蔓延《まんえん》している、そういうカルトがあるんですよ」

エイスケの疑問に答えたのはディルクだ。

「エイスケさんは、『可能性』の悪役《ヴイラン》のことを知っていますか？」

「始まりの悪役《ヴイラン》だろ？　全ての悪役《ヴイラン》を生み出した元凶。流石《さすが》に知ってるさ」

「そう。世界に異能力者は『可能性』の悪役《ヴイラン》しかいなかった。しかし、『可能性』の悪役《ヴイラン》は、人類の可能性を見たいという悪望を持ち、やがて世界には、悪望能力に覚醒《かくせい》する人間が生まれるようになった。『可能性』の悪役《ヴイラン》は、悪役《ヴイラン》を生み出す悪望能力を所持した始まりの悪役《ヴイラン》です」

ろくに教育を受けていないエイスケでも知っている歴史だ。世界規模の悪望能力とは荒唐無稽《こうとうむけい》に思えるが、実際に起きた出来事なのだから事実として飲み込むしかない。

「それが何か？」

「大事なのは、『可能性』の悪役《ヴイラン》の死後も、悪役《ヴイラン》は生まれているということです。これはある意味、『可能性』の悪役《ヴイラン》が世界を改変して、僕たちはその第二の世界を生きているといってもいいですよね？」

「そうか？　まあ、そう言われたらそうかもしれないが……」

異能力者がいなかった世界を第一とするなら、『可能性』の悪役《ヴイラン》が作り出した異能力者が生まれる世界は第二世界というわけだ。

「エイスケさんは、第二世界が、最後だと思われますか？　一度起きたことは、二度起きるかもしれませんよ」

　エイスケは、だんだんとディルクの言わんとすることが分かってきた。

「世界を覆うほどの悪望能力を持つ悪役《ヴィラン》がもう一度生まれたら、世界改変がまた起きるかもしれないって？」

「ええ。それが第三世界思想です」

　くだらない、とエイスケは思った。面白い与太話だったが、現実に起きるとは思えない。エイスケとディルクの話を聞いて興味深そうに寄ってきたハルが言った。

「いいなそれ。僕の『正義』が世界規模になったら悪役《ヴィラン》全員いなくなるんじゃないか」

「ついでに『正義』の第三世界では、ハルより高身長の人間もいなくなるかもな」

「エイスケ？　今僕の身長のことをいじったか？」

「ちょ、ハル、つつくなって。いて、いてて……いやマジで痛い！」

　ハルが怪力で力強くつついてきて、エイスケは逃げ回る。止めて欲しいが、ディルクもユウカもこちらを微笑《ほほえ》ましそうに見ている。ようやくハルの気がすんだところで、エイスケは自席に戻った。

「まあ、つまり、夢物語だな」

「ええ、夢物語です」

　どんな強力な悪役《ヴィラン》であっても、一個人が世界規模の悪望能力を持つとは思えない。だが、アンブローズがそういう思想を持っている、ということだけは覚えておいても良いだろう。自らの悪望能力で第三世界に到達したいなら、自身の悪望能力を強化する手段を欲しているはずだ。例えば……

強化ドラッグとか。

そこでエイスケは思いついて、アンブローズの資料をさらに読み進めた。アンブローズが出入りしている場所の情報が欲しい。該当のページを見つけ、目を走らせる。工場、酒場、地下闘技場……地下闘技場！

「地下闘技場……！　そうか、地下闘技場で例の強化ドラッグの注射を見たことがあるな」

「エイスケさん、なぜ違法ギャンブルの会場に行ったことがあるのですか？」

ユウカにジロリと睨《にら》まれるが、下手《へた》な口笛でエイスケは誤魔化《ごまか》した。

エイスケは、ブラハードが出入りしていた場所の資料も再度確認する。ブラハードも地下闘技場に出入りしていた。アンブローズとブラハードが出入りしていた場所に、強化ドラッグ。調べる価値はありそうだ。

「エイスケ！　なにか手がかりを見つけたのか⁉　早速乗り込もう！」

「まあ待てハル」

エイスケはハルを慌てて制す。エイスケはアンブローズの資料に書かれた経歴を凝視する。ウーロポーロと引き分けただけでなく、悪望深度Bの悪役《ヴィラン》を三十人相手取って血祭りに上げたこともあるという。明らかにエイスケには荷が重い相手だ。

「ハル、やっぱり気のせいだったみたいだ。別の場所を当たろう」

「僕たち二人なら大丈夫だろ。行くぞエイスケ」

「だから引っ張るなって、マジで力強……⁉」

懸念もあった。なんだか、上手《うま》くいきすぎている気がする。悪役対策局《セイクリッド》の内通者の件を思い出す。

エイスケは、アンブローズの情報を持ってきたディルクを見つめた。「？」と、不思議そうな顔でディルクに見つめ返される。

まあいい、どちらにせよハルは止まらなそうだ。こちらも充分な戦力で挑めば大事にはならないだろう。引っ張るハルをエイスケは必死に止めながら、ユウカに戦力の増加を求めた。

「おいユウカ、せめて人員の増強を頼む！」

「たしかにハルさんとエイスケさんだけだと心もとないですね。シンリ課長、どなたか空いている方はいますか？」

自席で書類の山に囲まれているシンリは、心なしか疲れた表情で首を横に振って答える。

「最近は悪役《ヴィラン》が関わる事件が多くてな。常に人手が足りない状態だ。アレックスとディルクも別件で動いてもらっている」

「そうですか。ではエイスケさんいってらっしゃい」

「見捨てるのが早すぎるぞ！」

ユウカの後ろに控えていた老執事のローマンが提案した。

「ではサーシャを調査人員にするのはどうでしょう？」

ユウカの後ろで寡黙に控えていた執事服の銀髪の少女、アレクサンドラ・グンダレンコが戸惑った表情を見せる。

「ワタシですか？　しかし、ワタシにはユウカ様の護衛の任務がありますので」

「あら、心配ないわよ、サーシャ。ローマンがいればわたしが傷つくことはないわ。そうよね？ローマン」

ユウカの発言には、ローマンに対する絶対の信頼が垣間見《かいまみ》えた。

「ええ、勿論《もちろん》ですとも。サーシャ、私が護衛では不満ですかな？」

「いいえ、そのようなことは」

ローマンにからかわれたアレクサンドラは白い頬《ほお》を赤く染める。

「それでは、ハル・フロスト、エイスケ・オガタと行動を共にします」

アレクサンドラの実力は模擬戦でよく把握している。エイスケとしては心強い味方だった。

「増援は正直助かる。よろしくな、サーシャ」

ユウカとローマンを真似てアレクサンドラを愛称で呼んだ瞬間、エイスケの首元に剣が突きつけられた。アレクサンドラがいつの間にか背負っていた剣を抜いている。

「ワタシを愛称で呼んでいいのは親しい人間だけです。次にサーシャと呼んだら殺しますよ」

「悪役対策局《セイクリッド》ってこんなヤツばかりなの？」

心強い味方だが、敵でもあるかもしれない。ユウカやローマンと話している時とは随分と態度が違う。

「エイスケ、諦《あきら》めろ。まともな悪役《ヴィラン》は僕だけだ」

やれやれ仕方ないなといった態度でハルがエイスケの肩に手をおくが、エイスケにとってはハルも似たようなものである。

「ハル、お前も大概なんだよ」

ハルとアレクサンドラを連れて行くこの先の捜査の苦労を想像してエイスケはため息をついた。


地下闘技場への階段を下りながら、エイスケは口酸っぱくハルに忠告していた。エイスケがハルと組んでから、ハルが勝手に単独行動した数は二十回を超えている。いくら注意しても足りないぐらいである。

「いいかハル、今回は探りを入れるだけだ。絶対に目立つようなことはするなよ。絶対だぞ」

「分かってるって、エイスケ。でもさあ」

「でも？」

「アンブローズが見つかったら捕まえちゃっても良いんだろう？」

「そのアンブローズとは絶対に戦うなって言ってるんだよ！」

事前に目を通したアンブローズの資料を思い出す。

『暴力』の悪役《ヴィラン》アンブローズ・ランス。全身および触れたものを硬質化させる能力を持つ。特筆すべきは悪役《ヴィラン》の中でも最上位にあたる身体能力で、二年前の『少女愛』の悪役《ヴィラン》ウーロポーロ・ヨーヨーとの戦いでは、ウーロポーロが生み出す無限の兵隊に対して周囲のビルを投擲《とうてき》しながら対抗したという。

悪役対策局《セイクリッド》に暫定で定義された悪望深度はA。ハルであろうと敵うかどうか分からない相手だ。

エイスケとしては絶対に関わりたくない。

　とにかくアンブローズに見つからずに強化ドラッグの情報を手に入れるのが、今回の潜入調査の目的だ。強化ドラッグが見つかり、アンブローズの目的が判明すれば、第十二課《テミス》以外の他の課に情報提供して協力を仰ぐこともできるだろう。

「止まれ」

　階段を下りた先には地下闘技場に繋《つな》がる門扉があり、黒服の強面《こわもて》たちが入場口の警備をしていた。とは言っても警備はザルだ。チケットさえ持っていれば顔が知られている犯罪者だって入場できる。違法賭博《とばく》の客に求められるのは、金を出すこと、秘密を守ること、自衛できること、これらの三点のみである。

　今回は潜入調査のため、エイスケは悪役対策局《セイクリッド》の腕章は外していた。エイスケとハルはいかにもケイオスポリスの若者らしいストリートファッションで、怪しまれずに入り口を通過する。

　同じようにアレクサンドラが通過しようとして、警備の男が戸惑ったようにアレクサンドラを二度見する。

「なにか？」

「いや……なんでもねえ」

　そう、アレクサンドラはいつも通りの黒い執事服を着ていた。エイスケは必死に止めたのだが、アレクサンドラは服がこれしかないと譲らなかったのだ。おまけに背中には長剣を背負っている。

ギャンブルにハマった主人の護衛として来るならともかく、執事服を着て長剣を背負った少女が地下闘技場に来るのは相当に目立つ。目をつけられないことを祈るしかない。

入り口から通路を抜けて地下闘技場に入ると、観客たちの雄叫《おたけ》びが聞こえてくる。

円形の観客席に囲まれている中心で、悪役《ヴィラン》が凶獣を倒してガッツポーズを上げているのが見えた。

ケイオスポリスに闘技をウリにした賭場《とば》は無数にあるが、それぞれに個性がある。この地下闘技場では、悪役《ヴィラン》が素手で凶獣と戦うのをセールスポイントにしていた。

凶獣はよく調教されているため観客には危険が無いということになっているが、先日凶獣が脱走した件を考えると怪しいものだ。武器の持ち込みが許されているのは、いざとなれば自分で何とかしろ、ということだとエイスケは解釈している。

「盛り上がっていますね」

「ちょうど前の試合が終わったみてえだな」

エイスケたちが観客席に座ると、次の闘技者が入場した。

「さあ、お次は『サメ』の悪役《ヴィラン》シャークのエキシビションマッチだ！」

「なんだありゃあ」

『サメ』の悪役《ヴィラン》と呼ばれた闘技者は、本当に頭部がサメの形をしていた。雄々しい背びれも背中に生えている。地下闘技場の警備員たちと同様に黒いスーツを着ており、鍛えた筋肉で今にも服が破けそうだ。シャークが右腕をグッと上げると、さらに大きな歓声が上がる。大人気である。エイスケはシャークという名前に聞き覚えがあったが、まさかな、と首を振る。

「シャークに対する凶獣は、五連勝中の期待のルーキー、ロージーちゃん！」

「だからなんでちょっと可愛《かわい》い名前つけてるんだよ」

ロージーちゃんは二本足で歩いており下半身は人間のようなシルエットだが、地面まで伸びる長い腕は四本ついていて、手のひらに相当する部分には鋭い牙《きば》を持つ口が見えた。夢に見えそうだ。凶獣は『凶獣』の悪役《ヴィラン》によって生み出されたというが、何を思ってあんなデザインにしたのだろう。

「ハル、どっちが勝つと思う？」

「その前にあれってどっちが悪役《ヴィラン》でどっちが凶獣だ？」

「『サメ』の悪役《ヴィラン》って呼ばれてるんだから、サメのほうが悪役《ヴィラン》なんだろ、たぶん……」

どちらも人間からはかけ離れた姿をしていてエイスケにも自信がなかった。シャークと呼ばれた悪役《ヴィラン》は身長2メートルを超える大男だが、凶獣のほうはさらに一回り大きい。遠近感が狂いそうだ。

試合が始まる前に、スタッフが何か注射器のようなものを取り出した。

「あれって……」

「例の強化ドラッグに似てるな」

スタッフが注射器をシャークに渡すと、シャークはそのまま首元にドラッグを突き立てる。

「この試合は〝レミニセンス〟のデモンストレーションも兼ねています！」

追想《レミニセンス》？　ドラッグの名前だろうか？

サメと凶獣が威嚇しながら向かい合う。

「それでは！　始め！」

試合開始のゴングが鳴った。凶獣が生物の声とは思えない鳴き声を上げながらシャークに迫る。長い腕の先にある口からも鳴き声を出していて、ちょっとしたホラー映画のようだ。

「ボ、ボ、ボボボボボボッ！」

凶獣の長い腕がシャークに伸び、手のひらの牙が噛《か》みついた。スーツが破れ、鮮血が飛び散る。だが、シャークは意に介さず、噛みつかれたまま前進し続ける。どうするつもりだ？

勝負は一瞬だった。

シャークは凶獣の目の前まで接近すると、そのまま大きく口を開けた。サメの鋭い歯で凶獣の頭部を食いちぎる。あわれロージーちゃんは青い血を噴水のように吹き出すと、そのまま倒れ伏した。

司会が叫び、観客が歓声を上げる。

「勝者はシャーク！　〝レミニセンス〟は闘技者として勝ち続けている悪役《ヴィラン》に与えられるぜ！　腕に自信のあるヤツは是非、闘技者登録してくれ！」

司会の説明を聞いて、エイスケは嫌な予感を覚えた。

まずい。この二ヶ月でハルの行動は読めるようになってきた。ハルを止めなくてはならない。慌ててハルのほうを見るが、既に姿を消していた。エイスケはアレクサンドラと顔を見合わせる。

「ハルくん、どこに行ったと思う？」

「既に闘技者として登録しているでしょうね」

「ですよね」

闘技者にレミニセンスが与えられると聞いて、喜び勇んで登録しにいったのだろう。そもそも凶獣の駆除も悪役対策局《セイクリッド》の仕事の一つなので、ハルからすればドラッグの情報を得られて凶獣退治もできて一石二鳥だ。つくづく潜入任務に向いていない性格だった。

案の定、そわそわしながらしばらく待っていると見知った顔の少年が闘技者として出てくる。

「さあ次は飛び入りゲストだ！　『正義』の悪役《ヴィラン》ハル・フロストォォッ！」

「本名で登録してやがる！」

エイスケは頭を抱えた。あれほど目立つなと言ったのに聞いていなかったのだろうか。この地下闘技場の実態は違法賭博だ。悪役対策局《セイクリッド》が違法賭博の闘技者として参加したとなると、ユウカやシンリから雷が落ちるかもしれない。しかもハルを止められなかったエイスケも連帯責任で怒られるやつだ。すでに憂鬱《ゆううつ》な気持ちになってきた。

ただの子供にしか見えないハルに対してヤジが飛ぶ。「おいおい大丈夫かよおチビちゃん！」「あーあ、凶獣のエサだな、こりゃ」「帰ってミルク飲んだほうが良いんじゃねえかあっ⁉」

悪役《ヴィラン》の強さは見た目では分からないが、ただの観客にはそういった知識は無いだろう。ハルは青筋を立てて観客を見回していた。あ、これはヤジを飛ばした一人一人の顔を覚えているな。

エイスケが観客を気の毒に思っていると、ハルの対戦相手の凶獣が出てきた。象のような姿をした凶獣は、シャークが相手にしたやつよりも遥《はる》かにデカい。凶獣とハルを比較すると、まるで象とアリだな、とちょっと笑ったところで、ハルがエイスケを見た。「今、僕をアリに例えたな？」「まさか。相棒を信じろよ」アイコンタクトで意思疎通する。ハルは追及を諦めて、凶獣と向き合った。

危ないところだった。あれでハルは変なところで勘が鋭い。

「素手で戦うルールでしたよね。大丈夫でしょうか?」

「ま、問題ないさ」

「意外と冷たいのですね。ハル・フロストの心配をしないのですか?」

エイスケはアレクサンドラの懸念に笑って答えた。エイスケはハルの戦いを何度も、間近で見ている。背中を預けても良いと思う程度には、ハルは強い。

「ハッ。ハルが凶獣に負けるかもって? あり得ねえよ。『正義』の悪役《ヴィラン》は最強だ」

「アナタ、ハル・フロストがいないところではハル・フロストのことを褒めるんですね」

アレクサンドラが意外そうにこちらを見るが、エイスケは気まずくなって視線を逸《そ》らした。そろそろ試合が始まりそうだ。凶獣が威嚇するのに合わせて、ハルのほうも両手を上げて怪獣ごっこをする子供のように威嚇している。

「それでは! 始め!」

試合開始を示すゴングと同時に、凶獣がハルに突進した。観客席から悲鳴が上がる。

エイスケはそれをなんの心配もせずに眺めていた。並の悪役《ヴィラン》なら一撃でぺしゃんこだろうが、あれは『正義』の悪役《ヴィラン》だ。

案の定、ハルは無傷だった。巨大な凶獣と正面から激突して、数歩分だけズルズルと下がったあとに止まる。凶獣の一撃を完全に受け止めきったハルは、お返しとばかりに拳《こぶし》を構えた。

「誰《だれ》が顕微鏡で拡大しないとよく見えない微生物チビだって⁉ 僕を見下ろすなっ!」

そこまでは言ってないだろう、とエイスケは思った。ヤジを飛ばしていた観客も、そこまでは言ってないだろう、という表情をしていた。

ハルは憤怒の声を上げながらそのまま凶獣を思い切り殴りつける。轟音《ごうおん》が響き、殴り飛ばされた凶獣が空を飛んだ。頭部がひしゃげて命を失った凶獣は、そのままヤジを飛ばした観客のほうに降っていく。

『正義』の悪役《ヴィラン》ハル・フロストは、悪望能力を使わずとも身体能力だけで凶獣を圧倒するほどに強い。

「うわあああああ！　あいつめちゃくちゃだあああ⁉」

観客たちが慌てて避難して出来た空席に凶獣が落下し、観客席が派手に壊れる。凶獣の残骸《ざんがい》っぽいものが飛び散った。観客たちは恐る恐る、落下してきた凶獣を観察する。凶獣がピクリとも動かないのが確認されると、一瞬の静寂のあと、地下闘技場にハルを称賛する喝采《かっさい》が降り注いだ。

「うおおおおスゲえ！」「やべえ！　ハル！　ハル・フロスト‼」「次の試合はあいつに賭《か》けるぜ！」

エイスケが想像していたよりも、ハルの身体能力は凄《すさ》まじかった。見た目だけで数トンはありそうな凶獣を片手で吹き飛ばすとは。化け物か？

ハルが右拳を上げると、観客からコールが起こる。

「ハール！　ハール！　ハール！」

大盛りあがりだった。正攻法でのレミニセンスの入手はハルに任せて、エイスケたちは別の場所を探るのが良いだろう。

「ここは任せても問題無さそうだな。俺たちは少し裏側を探るか」

「何かアテはあるのですか？」

「任せておけって。実は何度かここの仕事を請け負ったことがあってな。レミニセンスとやらが保管されている場所の心当たりがいくつかある」

＊＊＊

「あら？　あらあら？　ハルちゃん、とても良いじゃない」

傷顔の男、『暴力』の悪役《ヴィラン》アンブローズ・ランスは、眼下で繰り広げられているハル・フロストと凶獣の戦いを見て満面の笑みを浮かべた。地下闘技場は『暴力《アイ》』に溢《あふ》れた闘技者が多い。とても素敵だ。そんな闘技者たちの中でも、ハルの強さは頭一つ抜けていた。その拳を直で受けてみたい。

「あたし、ちょっとハルちゃんと触れ合ってこようかしら」

「シャークックック！　おいおい良いのか？　ここで時間を稼ぐんじゃなかったのかよ」

笑いながらアンブローズを止めるのは、サメの頭部を持った不可思議な男。『サメ』の悪役《ヴィラン》シャークだ。

「ちょっとぐらい良いじゃない。もう目的は達成してるわよう」

ハル・フロスト、エイスケ・オガタ、アレクサンドラ・グンダレンコをこの地下闘技場に引きつけた時点で、既に目的は達成したようなものだった。そのために、アンブローズはエイスケに接触し、わざわざ手がかりを与えたのだ。悪役対策局《セイクリッド》の内通者も、なかなか良い働きをしてくれた。

「ま、俺は金が受け取れりゃあ、なんでもいいんだがよ」

シャークはアンブローズが金で雇った傭兵《ようへい》だ。善悪問わず、金を払えば略奪の手助けをしてくれる『略奪商会』の殴り屋。こういう時は使い勝手が良い。

「それじゃあ、あたしはハルちゃんと遊んでくるわ。シャークちゃんは、エイスケちゃんとアレクサンドラちゃんをお願いね。適当に遊んで時間を稼いだら帰っていいわよ」

「馬鹿言うなよ。『サメ』に適当な遊びなんてねえ」

獰猛《どうもう》に尖《とが》った歯をむいてシャークは笑った。

「『サメ』はいつだって本気で食い殺す」

＊＊＊

エイスケとアレクサンドラは観客席をうろつき、いくつかのスタッフ専用扉を見つけた。

人目につかない扉を見つけると、さりげなく入ろうとしたが、開かない。鍵《かぎ》がかかっている。アレクサンドラは躊躇《ためら》いなく背負っていた剣を抜いた。

「斬りますか?」

「いいや。こういうのは得意だ」

内側からツマミを回すと開く、サムターンがついている扉。こういうタイプの鍵を開けるのは簡単だ。エイスケは『不可侵』の障壁を、扉の向こうに展開するイメージを浮かべた。ガチャリと音が鳴り、扉が開く。

エイスケとアレクサンドラは内部への侵入に成功した。内側からツマミを回して鍵を元通りにしておく。

扉の先は階段になっており、一つ下の階まで下りると、長い廊下が続いていた。廊下を歩き、一つ一つ部屋を確認しながら、エイスケとアレクサンドラは怪しいものが無いかを確かめる。

「扉が開いたのは、どういう手品ですか？」

「『不可侵』の直方体の障壁は、壁の向こうに出すことも出来るんだよ。角度と大きさを調整してツマミの近くに展開すれば、ツマミを回してガチャリってわけだ」

『不可侵』の悪望能力は使い勝手が良いが、制限も大きい。物体に重ねて出すことは出来ないので物体を切断することはできないし、エイスケと障壁の距離が離れるほど強度も落ちていく。だが、エイスケはそうした弱点を口にすることはしなかった。悪役《ヴィラン》にとって悪望能力の詳細な情報は命に直結するからだ。

「なるほど。流石《さすが》は悪役《ヴィラン》、手癖が悪いですね」

感心したそぶりを見せながらも辛口なアレクサンドラの発言に、エイスケは肩をすくめる。アレクサンドラが悪役《ヴィラン》に厳しい態度を取るのは、今に始まったことではない。

「なんか俺に対して当たり強くない？」

「ユウカ様は悪役《ヴィラン》を憎んでいますから。ワタシの主人がアナタを嫌う以上、従者であるワタシもあなたを嫌うのが筋というものです」

「ローマンだって悪役《ヴィラン》だろうが」

「ローマン様は特別です。桜小路家の数多《あまた》の敵を屠《ほふ》ってきた、ユウカ様の右腕ですから」

アレクサンドラが得意気に胸を張る。アレクサンドラがローマンを信頼している様子が窺《うかが》えた。

「ふうん……？」

模擬戦の時にユウカがローマンに対しては心を許していた様子だったのを思い出す。悪役対策局《セイクリッド》の構成メンバーの大半は悪役《ヴィラン》だ。ユウカにとっては辛い環境だろう。安らげる仲間がいるのは、大切なことかもしれない。だから、願わくば、ローマンとの関係がずっと続いてくれることを祈る。

そういったものを、エイスケはすでに無くしてしまっているから。

「ところで俺の見立てだと、ユウカは他の悪役《ヴィラン》と同じぐらいあんたのことも嫌ってると思うぞ。ユウカがあんたに向ける笑顔は俺に向けるやつと同じ質だからな」

「そんなことは分かってるんですよ一言多い野郎！」

アレクサンドラは膝《ひざ》から崩れ落ちた。二分ほどブツブツと「ユウカ様がワタシをどう思っているかは関係ない、ワタシがユウカ様を愛していれば関係ない」などと呟《つぶや》いてから、生まれたての子鹿のように立ち上がる。

エイスケはそんなアレクサンドラの様子を頭の中にメモしておく。悪役対策局《セイクリッド》の局員が何に怒り、何に悲しむか。

アレクサンドラは直近の出来事が何も無かったかのように振る舞った。

「しかし、何も見つかりませんね。他に何か心当たりは無いのですか?」

「たしか向こうに倉庫があったはずだ。次はそこを調べよう」

倉庫に人がいれば即座に気絶させれば良い。エイスケとアレクサンドラはタイミングを合わせると、扉を開けて、中に飛び込んだ。

凶獣の保管も兼ねているのだろうか、闘技場と同程度には広い空間。その広い倉庫の中には何も入っていなかった。

中にいたのは唯一人の悪役《ヴィラン》だけ。何も無い場所に、黒いスーツを着た男、否、黒いスーツを着た『サメ』が待ち構えていた。

「よう。待っていたぜ、悪役対策局《セイクリッド》」

『サメ』の悪役《ヴィラン》シャークは、鋭い歯を見せながら凶悪な笑みを浮かべた。

最近の立て続けの悪役《ヴィラン》事件と同様に、ここでも悪役対策局《セイクリッド》の行動がバレている。悪役対策局《セイクリッド》の内通者。こちらの行動は、全《すべ》て敵に漏れていると思ったほうが良いだろう。

「悪い。部屋を間違えちまったようだ。ここいらで失礼するよ」

「シャークックックック。まあゆっくりしていけよ。俺はただの傭兵でね。てめえらと遊んで時間を稼ぐのが依頼主の要望だ」

「なんだそりゃあ、付き合ってられるか。アレクサンドラ、ここは退くぞ」

「いいえ。ユウカ様は強化ドラッグを流している犯人の正体を明らかにすることをご所望です。倒して吐かせましょう」

エイスケの直感は退くべきだと告げていたが、アレクサンドラが一歩前に出てしまった。アレクサンドラは既に背負っていた長剣を抜き放ち、構えている。

「シャークックック。賢明な判断だぜ。この世で逃げられないものは三つある。死と、税金と、『サメ』だ。どうせお前らは逃げられねえ」

アレクサンドラがやる気なのを見て、エイスケも撤退を諦《あきら》めた。援護するしか無いだろう。短く問いかける。

「勝てるんだろうな?」

「ワタシの『雷光』は一撃必殺。一瞬で終わらせます」

エイスケも模擬戦でアレクサンドラの悪望能力を見たことがある。確かにアレクサンドラの悪望能力は、『サメ』とは相性が良いだろう。任せても問題無さそうだ。

アレクサンドラの銀髪が逆立った。全身を黄金の輝きが走り、バチリ、バチリと破裂音が鳴る。地に降り立った雷神を思わせる威光。『雷光』の悪望能力が唸《うな》りを上げる。

雷を纏《まと》った少女がその場で剣を振り抜くと、剣から雷が迸《ほとばし》った。人類では到底回避不可能な速度で雷が地を走り、そのままシャークに直撃する。アレクサンドラの雷を操る悪望能力。海で生きる生物には堪えるだろう。

「グアアアアアッ!」

シャークが悲鳴を上げ、肉の焦げた匂《にお》いと煙が充満した。あまりにも綺麗《きれい》に直撃したのを見て、ひゅっ、とエイスケは短く悲鳴を上げた。もしかして殺《や》ってしまったのでは？　第十二課《テミス》の不殺の誓いを忘れてないだろうな？

「おい、殺してねえだろうな⁉」

「それはあのお魚さんの気合次第です」

えっ、サメって魚類なの？　疑問を口にしようとしたところで、煙の中から無傷のシャークが出てきてエイスケは絶句した。シャークは元気そうだ。アレクサンドラのようにシャークもバチバチと雷を纏《まと》っており、魚とは別の進化を遂げた生物の威容を見せている。

「シャークックック！　サメ映画観たことねえのか？　当然、サメは帯電する」

「しねえよ」

エイスケはシャークに鋭くツッコミを入れると、非難がましい視線をアレクサンドラに向けた。アレクサンドラも予想外だったのか、唖然《あぜん》とした表情をしている。

「えーと、〝ワタシの『雷光』は一撃必殺。一瞬で終わらせます〟だっけ？」

「何か文句があるのですか？」

大口叩《たた》いて倒せなかったのが恥ずかしいのだろう、白かった頬《ほお》を赤く染めて怒り気味のアレクサンドラ。仲間割れしている場合ではないと、エイスケは前を向いた。そのタイミングでシャークが妙に甲高い声で、アレクサンドラのセリフを真似る。

「〝ワタシの『雷光』は一撃必殺。一瞬で終わらせます〟」

「んふっ」

こらえ切れずにエイスケは少し笑ってしまい、アレクサンドラがブチ切れた。

「こ、殺します！」

まさに『雷光』を思わせる速度で少女が駆け、そのまま剣を上段から振り下ろした。並の悪役《ヴィラン》なら反応できず真っ二つになっていただろう一撃、しかしシャークは容易《たやす》く左拳《こぶし》で弾くと、右の正拳突きでアレクサンドラを吹き飛ばす。

「グッ！」

「シャークック。弱えな」

吹き飛んできたアレクサンドラをエイスケは慌ててキャッチすると、背中に『不可侵』の障壁を展開して勢いを殺した。アレクサンドラは尻《しり》もちをついて体勢を崩したまま、シャークを睨《にら》みつけて唸る。

「アイツ、殺します……！」

「おい落ち着けアレクサンドラ。殺すのはマズい。おいシャーク、ちょっと待ってもらっていいか？」

「構わないぜ。獲物をじっくりいたぶるのは『サメ』の美学だからな」

「あー、たまにあるよな。尺の都合で絶対噛《か》み殺《ころ》せるのに噛み殺さないシーン」

「尺の都合じゃねえ！　恐怖の美学だ‼」

出会ってから初めてシャークが怒りを見せる。サメ映画にこだわりがあるようだ。

そんなに怒るなよ……とエイスケは肩をすくめてからアレクサンドラに向き合う。模擬戦の時に見せたアレクサンドラの強さは、シャークに劣るようなものでは無かった。

「アレクサンドラ、悪役《ヴイラン》は己の願いを叶《かな》える時が一番強い。なのにあんたは今、自身の悪望のためではなく、自身の怒りのために戦った」

アレクサンドラは何かを言いかけ、むぐ、と口を噤《つぐ》む。

「俺たち悪役《ヴイラン》にとって一番重要なのは、悪望を忘れないことだ。己が何を願い、何を叶えようとして、何のために悪に堕《お》ちたのか」

そして、何を守るためなら他者を傷つけることが出来るのかを。

「だから俺たちは名乗りをあげる。己が『これ』を魂に刻んだ悪役《ヴイラン》なのだと、忘れないために」

アレクサンドラは目を瞠《みは》った。呼吸を整えると、両手で頰を張る。エイスケの頰を。パチンと良い音がしたあと、アレクサンドラは立ち上がる。

「お陰様で目が覚めました。ワタシはユウカ様のための『雷光』の悪役《ヴイラン》。ユウカ様のためにあの小魚を倒しましょう」

「なんで俺の頰を叩いたの？」

「上から目線で腹が立ちましたので」

アレクサンドラはさらっと毒を吐くと、カツカツと足音を立ててシャークの元に歩いていく。シャークもまたドスドスと足音を立てながらアレクサンドラのほうに歩み寄る。

やがて鼻先がぶつかりそうなほどの距離で不敵に笑い合うと、互いに名乗り上げた。

「悪役対策局《セイクリッド》第十二課三等特別捜査官、『雷光』の悪役《ヴィラン》、アレクサンドラ・グンダレンコ」

「略奪商会、殴り屋。『サメ』の悪役《ヴィラン》シャーク」

「ユウカ様の道はワタシが照らす。ユウカ様の敵はワタシが焼き尽くす。ワタシこそが我が主の『雷光』と知りなさい」

「『サメ』こそが全次元で最強の生物であることを教えてやろう」

名乗りと同時に、アレクサンドラの剣がシャークの右から横に疾走《はし》った。シャークはまたも左拳で剣を側面から叩き落《お》とす。先刻の繰り返しだが、違うのは、既にアレクサンドラの剣が左上から振り下ろされているということ。

「!?」

二撃目が速すぎる。シャークが右拳で弾くが、既に三撃目が下段から下半身を斬らんと迫っている。エイスケの動体視力では構えがいつ変わったのかも分からない。一秒の間に十を超える剣撃は、さらに速度を上げながらシャークに降り注ぎ続ける。

『雷光』の悪役《ヴィラン》、アレクサンドラ・グンダレンコの悪望能力。自らに『雷光』を纏うことで肉体の速度を上げるアレクサンドラは、悪望が充分に発揮できる状況なら、第十二課《テミス》最速の悪役《ヴィラン》であるとエイスケは見ている。

数秒の攻防、数十の斬撃。シャークはアレクサンドラの攻撃を受け止めきれずに、全身が傷つきながら、かろうじてクリーンヒットを受けないように凌《しの》いでいた。

さらに十数秒。ついにアレクサンドラの袈裟《けさ》斬りは、シャークの肩を捉《とら》えた……かのように見えた。

「サメ映画観たことねえのか？　当然、サメの頭《ヘッド》は二つある」

信じられないことに、シャークの肩から生えた二つ目のサメの口が、ガッチリとアレクサンドラの剣を噛んで受けていた。

「アナタ、サメ見たことないのですか？」

アレクサンドラが毒づいたところで、ひっそりとシャークの後ろから迫っていたエイスケが、シャークの背中に痛烈な殴打を叩き込《こ》んだ。『不可侵』の障壁を細かく拳に纏ってナックルダスターを作り、殴打の威力を上げるおまけ付きである。

アレクサンドラとシャークの一対一のような雰囲気を作り、不意打ちしやすい状況に持っていくことまでがエイスケの目論見だった。シンリにチームワークを叩き込まれた成果が出ている。もっともシンリは「味方を囮《おとり》にするな！」と怒りそうだが。

エイスケの拳に衝撃が走る。完全に不意打ちが直撃したのをエイスケは確信した。

「ようシャーク、卑怯《ひきよう》だって怒るかい？」

「怒らねえぜ。この程度の攻撃は『サメ』には効かねえからな」

「……は？」

エイスケの拳は、なにか、シャークの背中から生えた触手のようなモノによって止められていた。

「サメ映画観たことねえのか？　当然、サメにはタコの触手が生える」

「あんたマジでサメ見たことねえのか⁉」

襲ってくる触手からエイスケとアレクサンドラは必死に身を護《まも》る。最初は一本だった触手は、徐々に増えていき、最終的に八本にまで増えた。一本一本の触手が大きい。シャークの丸太のような腕よりもさらに太い触手が部屋中を暴れまわり、エイスケとアレクサンドラを押していく。

ついに攻撃を抑えきれなくなったエイスケとアレクサンドラは太いタコの触手にビターンと張り飛ばされ、仲良く同じ方向に転がった。エイスケはともかく、アレクサンドラの動きが随分悪い。

「おい！　あんた、模擬戦の時より随分調子悪いんじゃないか⁉」

「もうユウカ様に三時間七分もお会いしていない……」

「ユウカ欠乏症で体調崩してやがる……！」

アレクサンドラの『雷光』がユウカの護衛任務に特化した悪望なのは知っていたが、ここまでパフォーマンスが落ちるとは思わなかった。

バチバチと雷を纏《まと》い、頭を二つ、触手を八本生やし、もはやサメとは言いがたい形容しづらい何かに変わり果てたシャークは高笑いする。

「シャークックックック。やはり『サメ』こそが最強の生物よ」

「やばい、ハルと同じタイプだ。アホほど思い込みが強くて、だからこそ強え」

……ハルと同じタイプか。『正義』の悪望能力も、状況によっては使えなくなるという話をエイスケは思い出していた。

悪役《ヴィラン》の強さはその悪望に由来する。強い状況もあれば、弱い状況もある。

シャークの悪望はおおよその想像がついた。サメ映画に出てくるサメのようになりたい、といったところだろう。だとしたら、倒す手段は存在する。

「何か思いついたみたいですね。策があるんですか？」

「ある。俺が合図したら〝ワタシの『雷光』は一撃必殺。一瞬で終わらせます〟の電撃を叩き込め」

「もしかしてワタシをおちょくっていますか？　マジで殺しますよ？」

「いや、おちょくってない」

怒気を含んだアレクサンドラに剣を突き付けられて、エイスケは慌てて弁明した。

「いいから俺を信じろ」

シャークの悪望能力が想像通りなら、この手段で突破できるはずだ。エイスケは前に進むと、泣きべそをかきはじめた。

「こ、殺される～」

呆気《あつけ》にとられたシャークとアレクサンドラの前で、エイスケは次に神に祈りはじめる。

「神様助けて、助けてください、お願いです、神様、助けて」

命乞《いのちご》いするエイスケを見て、シャークはこらえ切れないように笑った。

「シャークックックック！　まるで『○○○○ 2』（※ネタバレに配慮）に出てくるお嬢ちゃんみたいな命乞いするじゃねえか！　……ハッ⁉」

「想像したな？」

サメ映画のテンプレートだ。映画の終盤までは無双するサメも、ラストシーンでは退治される。

エイスケのセリフは、とあるサメ映画を想起させるセリフだった。もちろん、ラストシーンでサメが感電で退治される映画のだ。

シャークの悪望が、サメ映画に出てくるサメのようになりたいものならば、こちらでシナリオさえ用意してやれば、サメ映画のように退治される欲求には逆らえない。それが、彼の美学であり、悪望だからだ。

エイスケはアレクサンドラに合図をした。

「テイク2だぜ。アレクサンドラ」

「ワタシの『雷光』は一撃必殺。一瞬で終わらせます」

力を溜めていたアレクサンドラが、『雷光』を放った。初撃では効かなかった一撃も、今なら効くはずだ。序盤では最強のサメも、終盤には必ず倒される。

アレクサンドラの雷が疾走《はし》った。ユウカ・サクラコウジの敵を全《すべ》て倒すための『雷光』の悪望能力が、その真価を発揮して、シャークに迫る。

アレクサンドラの『雷光』の一撃がシャークに直撃して、焼き焦がした。

「グアアアアアアッ!」

今度は、シャークにダメージを与えた。感電したシャークが、全身からモクモクと黒い煙を立てる。シャークは嬉《うれ》しそうに呟《つぶや》きながら、倒れ伏した。

「サメ映画、観てるじゃねえか……」

エイスケとアレクサンドラは黙って拳と拳を突き合わせた。ふふん、とアレクサンドラは得意気な顔をしていたが、表情が緩んでいるのに気付くと、ハッといつもの生真面目《きまじめ》な表情に戻る。そのまま、アレクサンドラの様子を見ていたエイスケを睨みつけてくる。

「何を見ているんですか、殺しますよ」

「ええ……」

殺されてはたまらない。エイスケはアレクサンドラから逃げるようにシャークに近寄ると、仰向けにゴロンと転がったシャークを見下ろした。力尽きた様子だが、けっこう元気そうだ。ホントに頑丈だなとエイスケは感心した。

「シャークック。煮るなり焼くなりフカヒレにするなり好きにしな」

「いや食べはしねえけどよ。……なあ、気になってたんだけど、シャーク印の寿司屋って聞いたことある？」

「？　ああ。俺の副業だ。結構美味《うま》いって評判だぜ」

エイスケは両手で顔を覆って悲しんだ。

「出会い方が違っていれば、親友《とも》だったかもしれねえ」

「何をアホなことを言ってるんですか」

アレクサンドラの呆《あき》れ声。付き合ってはいられないとばかりに、アレクサンドラがシャークを問い詰める。

「シャーク、アナタ、とっとと依頼主を吐きなさい。正直に話せば、命だけは助けてやってもよいですよ」

「悪役《ヴィラン》みてえなセリフを吐く女だな」

「悪役《ヴィラン》ですが何か?」

エイスケのツッコミにアレクサンドラは澄ました声で答えると、シャークに剣を突きつけた。

「シャークック。そんな脅しをしなくたって、上に行けば会えるぜ」

シャークが指で天井を指す。エイスケとアレクサンドラは顔を見合わせた。

「「上?」」

＊＊＊

ハルの拳《こぶし》がまたも凶獣を地面に叩《たた》きつけ、会場が沸《わ》いた。

「勝者はまたしてもハル・フロスト! これで五連勝だ! 強いぞこの少年⁉ さあ、次の相手はどいつだ!」

「ハルちゃん、あたしが相手してあげる」

司会の声に応《こた》えて、闘技場に一人の男が飛び込んできた。

顔も、まくった袖《そで》から見える両腕も古傷だらけで、それだけで歴戦の強者《つわもの》であることが分かる。

ハルは、写真を事前に見てその男の正体を知っていた。『暴力』の悪役《ヴィラン》、アンブローズ・ランス。

「おーっと⁉ ここでまさかのオーナー自ら参戦! 『暴力』の悪役《ヴィラン》アンブローズ・ランスだ!」

違法賭博《とばく》に出入りするような者たちがアンブローズの逸話を知らぬ訳がない。「やべえ、アンブローズだ、初めて見た」「ハルとはどっちが強いんだ?」「流石《さすが》にアンブローズだろ、ウーロポーロとも引き分けたって噂《うわさ》だぜ」「すげえ試合に立ち会っちまった」観客たちの興奮の声。ここにきて地下闘技場は最高潮の盛り上がりを見せる。

「これ、邪魔ね」

ハルに倒された凶獣をアンブローズは軽々と片手で持ち上げると、闘技場の壁に投げつけた。凄《すさ》まじい速度で投擲《とうてき》された凶獣は、壁にぶつかると青い血を撒《ま》いて破裂する。

「ハール！　ハール！　ハール！」

「アンブローズ！　アンブローズ！　アンブローズ！」

アンブローズは観客に手を振りながら投げキスを送ると、ハルと向き合った。

「こんにちは、悪役対策局《セイクリッド》のワンちゃん。あたしのレミニセンスをお探し？」

「随分あっさりと吐くんだな。お前が強化ドラッグを配ってる悪役《ヴイラン》ってことでいいのか？」

「そうよ。あたしの『暴力《アイ》』を楽しんでいただけたかしら？」

ハルにはアンブローズの意図が読めない。悪役対策局《セイクリッド》の調査班がアンブローズに辿《たど》り着《つ》けなかった以上、アンブローズが慎重に姿を隠していたのは明白だ。だが、その一方で、エイスケに気軽に話しかけ、こうして今、ハルの前にもその顔を見せている。

「……なぜ僕の前に姿を現した？」

「余興よ」

「余興？」

アンブローズはうっとりとした表情でハルを見つめる。

「ハルちゃん、あなたの『暴力』、最高だわ。姿を見せるつもりは無かったんだけどね。思わず触れ合いたくて出てきちゃった」

「僕のは『暴力』ではなく『正義』の拳だ」

「同じよお」

「違うね」

頑なに否定するハルの反応を楽しむように、アンブローズはくつくつと笑う。受け入れるように傷だらけの太い両腕を広げると、手招きをする。

「それじゃあ、あなたの『正義』とやらであたしを捕まえてみせて？」

ハルは黙って拳を構えた。相手は身体能力に絶対の自負を持つ『暴力』の悪役《ヴィラン》。しかし、それでもあえて正面から打ち倒すのがハルにとっての『正義』だ。

エイスケは、アンブローズと戦うなと言っていた。エイスケは、状況を見て、勝てない相手には退いて、勝てる策を立ててから再度挑む男だ。ハルは、それが間違っているとは思わない。でも、ハルはそうしない。退いている間に、悪役《ヴィラン》に虐げられて悲しむ人たちがいるのだ。だから、いつでもハルは、迅速に、正面から、悪役《ヴィラン》を真《ま》っ直《す》ぐに打ち倒す。

「それじゃあ仲良くこんにちはしたところで、エキシビションマッチ開始だ！　アンブローズ、バーサァァァス、ハル！」

試合開始の合図と同時に、ハルの拳がアンブローズの腹部に叩き込《こ》まれていた。本日の試合、全ての凶獣を一撃で屠《ほふ》ってきた電光石火の拳。ただの踏み込みだけで闘技場が揺れ、轟音《ごうおん》が響く。

「痛ッ《ツ》⁉」

しかし、痛みに呻《うめ》いたのはハルのほうだった。無防備に攻撃を受けたアンブローズはぴくりとも動かず、攻撃したはずのハルの拳は砕けている。いくらなんでもアンブローズの肉体が硬すぎる。ハルの拳が全く効かないほどの強度、考えられるのはアンブローズの悪望能力だ。『暴力』の悪望能力。

「硬質化能力か！」

「あらやだ、まだ使ってないわよ、そんなもの。次はあたしの番ね」

アンブローズが古傷だらけの右腕に力を込めた。筋肉が膨らみ、血管が浮き出て、丸太のような腕が――ハルに認識できたのはそこまでだった。

一瞬、ハルの世界から、音が消えた。

観客は、アンブローズの攻撃はおろか、攻撃を受けたハルの姿も見失っただろう。ハル本人ですら、轟音と共に会場が揺れた後に、ようやく、自分が闘技場の壁にめり込んで埋まっていることに気付いた。

アンブローズの拳によって数十メートルの距離を吹き飛ばされたのだ。

ハッ、少しはやるじゃないか。声を出そうとして、代わりに夥《おびただ》しい血が口から吐き出される。両手を壁につけて何とか立ち上がろうとするが、失敗。ハルは体勢を崩し、前のめりに顔から倒れる。巨大な凶獣の突進にすら無傷だったハルが、アンブローズの拳によって多大なダメージを受けている。

何が起きているのか分からず混乱するハルに、アンブローズの悲しそうな声が届いた。

「あら、意外と脆《もろ》いのね。がっかりだわ」

「ハル‼」

意識を失う前、エイスケの悲痛な叫びが聞こえた気がした。そんなに心配するなよエイスケ、ちょっと休んでいるだけさ。

＊　＊　＊

エイスケとアレクサンドラがシャークから情報を聞き出して闘技場に戻ってきた時、ちょうどハルがアンブローズに吹き飛ばされたのを目撃した。

闘技場に乱入すると、エイスケはハルを守るようにアンブローズの前に立ちふさがる。いつかの墓地で出会ったことのある男、ディルクからの情報提供にあった写真の男。

「あんたがアンブローズだな。ハルを返してもらうぞ」

「どうぞ。もう興味無いわよ」

背後でアレクサンドラがハルを抱えたのを確認しながら、エイスケはアンブローズを警戒する。

「それじゃあ、あたしはこの辺で失礼しようかしら」

「まあ待てよ。ハルがやられてるのにさようならって訳にはいかないんでね」

つい呼び止めてしまった。ハルにあれほど戦うなと言っていたのに、ハルがやられているのを見た瞬間、頭に血が上ってしまったのを自覚する。相棒がやられてこのままというのは、エイスケの気が済まない。ハルから悪い影響を受けているのかもしれない。

「あら、意外と熱い男なのね。でも時間稼ぎは終わったから、もう目的は済んだのよね」

時間稼ぎ？　何の時間稼ぎだ？

「そうだわ。せっかくだし、エイスケちゃんには面白いもの見せてあげる」

アンブローズは自らの首筋に注射器を打ち立てた。追想《レミニセンス》！　ハルを守るためにアンブローズから距離を取っていたエイスケには、それを止めることが出来ない。

「あたしは『暴力』の悪役《ヴィラン》。あたしの悪望能力はね、近くにいる人間を少しの間だけ『暴力』の虜に出来るの。本来なら一人を操るのが精々の能力だけど、このドラッグがあれば、この通り」

突如、地下闘技場の観客が叫びだした。観客席を見渡すと、観客たちの瞳《ひとみ》が赤く染まっているのが分かる。アデリーやブラハードと同じく、凶暴性が発露する現象。「ぶち殺してやる！」「てめえ、気に食わないんだよ！」「死ね！　死ね！」観客たちはお互いに罵《ののし》りながら、争いはじめる。これがアンブローズの悪望能力、他者を凶暴化させる悪役《ヴィラン》。アデリーを始めとして、ここ最近の事件で悪役《ヴィラン》の様子がおかしかったのは、この能力の影響を受けたから、というわけだ。

「あんたの悪望能力は硬質化じゃ無かったのか？」

「あたしにとっては同じことよ。『暴力《アイ》』を受けることも、『暴力《アイ》』を広めることもね」

悪望能力は一人に一つが原則。だが『サメ』の悪役《ヴィラン》シャークが複数の形態変化を発動したように、その悪望の解釈によって能力は無限の可能性を見せる。

アンブローズにとっては、自己の硬質化も、他者の凶暴化も、一つの悪望を叶《かな》えるための同じ能力なのだろう。

そして、アンブローズが凶暴化の悪望能力を持っていたことで、薄々、エイスケはアンブローズと悪役対策局《セイクリッド》の内通者の目的を察知しつつあった。

「それじゃあ、お先に失礼するわね。ここを収拾できたら追ってきても良いわよ」

「なあおい、アンブローズ」

「なにかしら？」

「ハルは、まだ負けてない。こいつが本気を出せば、お前程度に負けるはずがない」

エイスケは、先ほどからアンブローズがハルのほうを見ないのが気になっていた。もしかしてこいつ、格付けが済んだとでも思ってるんじゃあないだろうな？

エイスケの啖呵《たんか》に、アンブローズは満面の笑みを浮かべる。アンブローズにとっては、エイスケも、ハルも、活きが良いおもちゃ程度にしか見えていないのかもしれない。

「エイスケちゃん、偽物の悪役《ヴィラン》なのに良い表情するじゃない。それじゃあ、ハルちゃんとの再戦を楽しみにしてるわ」

「ああ、あとでお宅にお邪魔するぜ。首を洗って待ってな」

アンブローズが去っていくのを見届けながら、エイスケは暴徒と化した観客たちの対処を考える。叫び、暴れ、互いに傷つけ合う群衆。エイスケの所持する悪望能力の全《すべ》てを使用しても対応は難しい。

一人ずつぶん殴って止めていくか？　エイスケが悩んだところで、アレクサンドラが『雷光』を纏《まと》った。

「エイスケ・オガタ、ハル・フロストを見ていてください。ここはワタシが対処します」

「おう、頼もしいね」

アレクサンドラの考えを悟り、エイスケはハルを引き受けた。アレクサンドラの悪望能力は暴動鎮圧にも向いている。

『雷光』をバチバチと鳴らしながらアレクサンドラが駆ける。アレクサンドラが人だかりの間を走り抜けるたびに『雷光』が鳴り、人々が気絶していく。改めて凄まじい悪望能力だった。あの桜小路財閥の総帥の護衛まで登り詰めるわけだ。

あっという間に観客たちを制圧すると、アレクサンドラは流石《さすが》に疲れたのか膝《ひざ》をついた。シャークとの連戦の後だ、無理もない。

「俺は行くところがある。アレクサンドラ、ハルを医者に連れて行ってくれ」

ハルのダメージは大きい。まずは治療が必要だろう。

「待て、アンブローズを追うんだろ？　僕も追う」

ハルが意識を取り戻し、フラフラと立ち上がろうとしていた。

「その怪我《けが》じゃ無理だろ」

「もう治った」

「そんな訳が――ハル、お前」

ハルが立ち上がり、全身の調子を確かめるかのようにピョンピョンと跳んでいるのを見て、エイスケは絶句した。立ち姿を見ただけでも、ハルがどの程度のダメージを負っているかぐらいは分かる。全快とまではいかないが、先ほどまでは明らかに重傷だったはずのハルは、すでに回復していた。回復速度が尋常ではない。

「無理はするなよ」

「分かってるよ。それで、アンブローズの居場所にアテはあるのか？」

「ある。アンブローズの目的が分かった。いったん第十二課《テミス》の拠点に戻りながら説明するぞ」

地下闘技場の外に出ると、すでに日が暮れていた。

悪役対策局《セイクリッド》の拠点に向けて駆けながら、エイスケはハルとアレクサンドラに状況を説明する。

第十二課《テミス》をまるで狙《ねら》っているかのように、立て続けに起きていた悪役《ヴィラン》の暴走事件。その犯人がアンブローズであったことで、目的がはっきりした。

「アンブローズが『暴力』の悪望能力を使って暴走する悪役《ヴィラン》を生み出していたのは、第十二課《テミス》に対処させ続けて人員不足に陥らせるためだ」

今思えばアデリーやブラハードの件もそうだったのだろう。強化ドラッグの実験を行いながら、第十二課《テミス》の管轄の事件を増やすことで、疲弊させるつもりだった。

「それで、アンブローズに何か得があるのですか？」

「ある。第十二課《テミス》の手が回らなくなれば、ユウカ・サクラコウジの護衛も第十二課《テミス》の任務に割かれる可能性が出てくる。アンブローズの目的は、ユウカの護衛を減らすことだ」

「護衛を減らしてユウカを襲撃でもするつもりか？」

「その通りだ。ユウカから最強の護衛アレクサンドラを引き離すのが、アンブローズの目的だった。アレクサンドラの悪望能力は逃走にも長《た》けているからな」

アンブローズがいくら強くとも、『雷光』の悪望能力でユウカを連れて逃げられたら襲撃は成功しない。だから、悪役対策局《セイクリッド》に内通者を作り、内側から崩すことにした。

「悪役対策局《セイクリッド》の情報を悪役《ヴィラン》たちに流していた内通者がいる。アンブローズは、ユウカからアレクサンドラを引き離したうえで、ユウカを内通者に攫わせる算段だ」

「不可能です」

ハッ、とアレクサンドラは鼻で笑った。アレクサンドラにとっては、そう見えるだろう。なにしろ、アレクサンドラを引き離したところで、ユウカの護衛には最強の老執事がついているのだ。

「ユウカ様にはローマン様が護衛についていています……か……ら……」

アレクサンドラの言葉が徐々に弱々しくなっていく。気付いたのだ。逃走能力に長けたアレクサンドラを、ユウカの護衛から引き離したのが誰《だれ》だったかを。

地下闘技場の潜入調査を行う前に、老執事は確かにこう言った。

〝ではサーシャを調査人員にするのはどうでしょう？〟

エイスケは断言した。

「内通者はローマン・バトラーだ」

＊＊＊

「そういえばね、ローマン」

第十二課《テミス》拠点のユウカの執務室。今はユウカとローマンしかいない。

「エイスケさんから報告があったんです。もしかしたら、悪役対策局《セイクリッド》内に、強化ドラッグの犯人と内通している者がいるかもしれないって」

「ほう……」

机に向かって書類作業をこなしながら、ユウカは会話を続ける。

ローマンはユウカの後ろに控えており、ユウカの位置から表情を見ることはできない。

「その報告を聞いた時、わたし、思ったの。まだシンリ課長しか報告書に目を通してないうちから、ドラッグの形状を知っていた人がいたなって。わたしは粉末や錠剤のほうを思い浮かべていたから、よく覚えています」

強化ドラッグについての意見を聞いた時、確かにローマンはこう言っていたのだ。

〝注射器からは何か手がかりは見つからなかったのでしょうか?〟

あの時点で強化ドラッグが注射器だと知っていたのは、直接目撃したハルとエイスケしかいない。

ならば、それを知っていたローマンは、強化ドラッグを流通している者と繋《つな》がっている可能性が高いのだ。

ユウカは、静かにローマンに問うた。

「ローマン。あなたが内通者ね？」

「ほっほっほ。まさか。あり得ません」

「そう。残念だわ」

ユウカの足元から、水が空中に浮かびだす。『暴きだす真実の水瓶』を机の下に置いていたのだ。

水文字は、はっきりと虚偽《FALSE》を描いた。

ローマンの表情を見ないまま、ユウカは投降を告げる。

「ローマン。二人きりの時にこの話をしたのは慈悲です。自首しなさい」

「まったく嘆かわしい。その甘さを捨てなければ桜小路家の跡取りとは言えませんな」

首元に痛みを感じた瞬間、ユウカは意識を失った。

五章　悪役《ヴィラン》の王

ハル・フロストの人生に影が落ちる時、そこには必ず悪役《ヴィラン》が関わっている。

家族を亡くした時も、貧民街で虐げられていた時も、立ち直って、そこでまた仲間を失った時も。

今日は、助けられなかった仲間たちに罵《のの し》られる夢を見た。

「痛い、痛いよ、ハル」

「口だけの卑怯《ひきょう》者」

「どうして助けてくれなかったの？」

それにハルが答えることはない。言い訳はしない。ただ、起きてしまったことを噛《か》み締《し》めるしかないのだ。

もちろん、これは現実にあったことではない。

何故《なぜ》ならハル・フロストは、致命的なまでに間に合わなかった。罵られるならまだ良かった。実際には、ハルが駆けつけた時、誰一人として、生き残った者はいなかったのだから。

ハルには理想があった。誰も傷つかず、皆が笑顔で過ごせる世界。それを護《まも》るためなら、ハルは喜んで剣を取ろう。

なのに、現実ではどこかで誰かが、ハルの知らない間に傷ついている。その理想と現実の差が、ハルには許せない。

次の悲劇が起こらないように必死で悪役《ヴイラン》を捕まえても、新しい凶悪な悪役《ヴイラン》は次々と生まれてくる。

かつて、ハルの親友ガラは、この街に跋扈《ばっこ》する悪役《ヴイラン》を指してこう罵った。

「ハル、お前たち悪役《ヴイラン》はクズだ。ただ単に超常の力を操るだけの人間だったら、異能力者だとか、超能力者だとか、そういう呼称になっていたかもしれない。だがお前らは悪役《ヴイラン》と呼ばれている。何故だか分かるか？」

ガラは吐き捨てるように言った。

「悪役《ヴイラン》の能力は、例外なく暴力の形で顕現するからだ。悪役《ヴイラン》の願いは、例外なく他者を蹂躙《じゅうりん》する悪望だからだ」

全くもってその通りだとハルは思う。ハルが知っている悪望能力者にもろくな人間はいない。

ガラの言う通り、悪役《ヴイラン》はクズだ。

だから、僕は。


第十二課《テミス》の拠点に戻ってきたハルたちは、半壊した事務所を見上げて絶句した。

三階建てのビルは傾きかけており、破壊された壁が崩れ落ちて地面に散乱している。明らかに悪役《ヴイラン》同士の戦闘が行われた後だ。崩壊は事務所に留まらず、周辺の道路や建物にも及んでいた。

「せっかく定職についたのに職場が破壊されている……！」

エイスケが泣き崩れているが、構っている場合ではない。

「来たか、ハル」

「シンリ！　無事だったのか！」

壊滅した状態の事務所の前にシンリが立っていた。これほどの死闘の痕跡《こんせき》があるにも拘わらず、シンリは無傷のようだ。

「こちらの状況を説明する。ローマン・バトラーがユウカ殿を連れ去った。私が捕まえようとしたが、取り逃がした。すまない。他の課に応援を要請中だ」

シンリほどの悪役《ヴィラン》が取り逃がしたのなら仕方がない、とハルは思う。ローマンのような対悪役《ヴィラン》戦闘に長けた悪役《ヴィラン》の奇襲を受けて、無傷だっただけでも最上に近い結果だろう。

「そんな……ユウカ様……」

シンリの説明にアレクサンドラが青ざめてよろけた。仲間を裏切り、傷つけるローマンにハルは怒りを覚える。

「おい、大丈夫か⁉」

エイスケが声を上げた。事務所の近くにいた靴磨きの少年に駆け寄っている。膝《ひざ》を擦りむいたらしく、血が滲《にじ》んでいる。

「ああ、悪役《ヴィラン》に襲われそうになったんだけど、そこの旦那《だんな》が助けてくれたから……」

靴磨きの少年はシンリを指差した。どうやらシンリは市民を護りながらローマンと戦ったらしい。

一般人を巻き込んでシンリの動きを制限する卑劣なやり方に、頭に血が上った。

ハルは歯ぎしりをして歩き出すが、シンリが制止するように声をかけた。

「ハル、どこへ行くつもりだ。今、他の課に応援を要請している。危険だ、応援を待て」

「待てない」

ハルは振り返るとシンリを睨《にら》みつける。

「危険だから、待て？　『正義』の悪役《ヴィラン》に、危険だから待てと言ったのか？　直ちに、今すぐに、悪党どもを捕まえる！　シンリ、僕は何か間違っているか？」

「間違っている。指揮系統に従わない人間は『秩序』を乱す。……エイスケ、ハルを止めろ」

エイスケは肩をすくめると、シンリの横に立った。意外では無かった。以前も、エイスケは組織の命令には従う態度を見せていた。それでも、少し残念に思う。エイスケはシンリとハルを交互に見たあとに、靴磨きの少年を見て、ポツリと呟《つぶや》いた。

「あー、俺は、朝、目覚まし時計を止めるのが好きでね。目覚まし時計で起きなきゃいけない用事があるってのが、少し、世の中に認められた気分になる。起きた後は、まずはコーヒーだ。飲み終わって出かける準備ができたら、近くのパン屋でパンを買う」

エイスケの独り言のような語りに、ハルとシンリは黙って聞き入る。

「パンを食いながらオフィスに向かって歩いていると、色んなやつが話しかけてくる。くだらない話題さ。誰かが女に振られたとか、昨日《きのう》食ったあのメシが美味《うま》かったとか、そういうたわいのない話。でも、俺はそういうのが嫌いじゃあない。普通の日常ってやつだ」

エイスケは近くの壊れたフードトラックを見る。

「そこのトラックでミートパイを売ってるおっさんが元気な人でね、毎日でけえ声で挨拶《あいさつ》してきやがる」

　エイスケは怪我《けが》をした靴磨きの少年を見る。

「靴磨きをしてる知り合いだっている。身だしなみを整えるのが好きな上司の話で盛り上がったりする」

　エイスケは上司のシンリ・トウドウを見る。

「シンリ、俺が言っていることが分かるか？　シンプルな話だ」

　そして、言った。


「俺が、『不可侵』のラインを引いた。奴らが、それを踏み越えた」


　ハルはこの時確かに、エイスケの中に、自分と同じ熱を見た。

　数秒、シンリはエイスケと睨み合った後、ため息をついた。

「エイスケ、やれるんだな？」

「やれるさ。ハル・フロストなら全員ボッコボコだぜ」

「おいエイスケ！　君も働けよ！」

　ローマンを追いかけ、アンブローズを倒し、ユウカを助け出す。これ以上、悪役《ヴィラン》どもの好き勝手にはさせない。

「シンリも来るか？」

「私が組織の『秩序』を乱す訳にはいかん。私はここで応援を待ってから向かう。……ハル、エイスケ、無理だと思ったら退けよ」

「退かない」

「えっ、無理そうなら俺は退きたい……」

ハルは情けない声を出すエイスケの首根っこを引っ張ると、元気よく歩き出した。

「エイスケ、行くぞ！」

「行くって……ローマンがどこに行ったのか分かるのか？」

「むっ」

分からない。しかし居ても立っても居られない。ハルはアテもなく駆け出そうとして、その高笑いを聞いた。

「オーホッホッホッホッホ！　お困りのようですわね！」

＊　＊　＊

ユウカはふと目を覚ました。自分がどこにいるのか分からずに一瞬戸惑う。身じろぎをしようとするが、身体《からだ》の自由が利かない。縄のようなもので縛られて椅子に座らされているようだ。

「目が覚めましたかな？」

「ローマン……？　ここはどこかしら？」

「桜小路家が所有している未使用の別荘でございます」

言われてみれば見覚えのある部屋だった。ローマンになぜこんな場所にいるのかと問いかけようとして、他にも人がいることに気付く。

「はあい。こんにちは、お嬢様。あなたのお屋敷、あたしたちの拠点として有効活用させてもらってるわよ。叫んでも無駄だから大人しくしてね」

そこかしこに古傷がある男、アンブローズ・ランスがユウカに手を振ってウインクした。

「そういうことですか。ローマン、やはりあなたが内通者だったのね？」

そう、確か、ローマンと二人きりになった時に、ユウカは気を失ったのだった。

「ほっほっほ。そうですとも」

「情けないわね、ローマン」

ユウカは失望の声をあげた。ユウカの護衛が内通者だったというのならば、そこには矛盾がある。

「ずっとわたしの側《そば》にいたあなたは、いつでもわたしを攫うことができたはず。なのに、今までそれを実行に移せなかった。なぜか当ててあげましょうか？」

「……」

ローマンは黙って続きを促す。

「『雷光』の悪役《ヴィラン》、サーシャが怖かったから。だからサーシャをわたしから引き離すために、アンブローズが起こした騒動を囮《おとり》にすることにした」

「勘違いしてもらっては困りますな。『雷光』の悪役《ヴィラン》はユウカ様を護衛する時にもっとも光り輝く。少々手がかかるので引き離したまでのこと」

ユウカの挑発にもローマンは余裕のある態度を崩さない。

ユウカがローマンを睨んでいると、アンブローズがユウカの推測に拍手をした。

「そろそろ話を進めちゃっても良いかしら？　察しの良い子は好きよ、ユウカちゃん。それじゃあ、あたしたちがユウカちゃんを拉致《らち》った理由も分かるわね？」

「いいえ、分かりません。第十二課《テミス》が邪魔ならば、拉致ではなくわたしを殺せば良いでしょう」

「分からないフリしちゃってぇ」

アンブローズはニタリと笑った。

「超越器具『塗りかえる根源の短剣』。桜小路家が持ってるんでしょ？」

そういうことですか、とユウカはため息をついた。超越器具『塗りかえる根源の短剣』。悪役《ヴィラン》の能力を強化する超越器具を桜小路家から奪うのがアンブローズとローマンの目的という訳だ。

「アレはあなたたちが思っているほど便利な代物ではありませんよ。大人しく手を引きなさい」

「第三世界、でしょう？」

「……なぜあの超越器具が、第三世界に関わるものだと思っているのですか？」

「誤魔化《ごまか》しは無しよ、ユウカちゃん。あたしたちは第三世界《それ》を目指しているのよう。かつての第一世界は、極々稀《まれ》に異能力者が生まれるだけの世界だった。それを『可能性』の悪役《ヴィラン》が、悪役《ヴィラン》の溢《あふ》れる第二世界へと作り変えた。次は、あたしの番よ」

アンブローズは夢見るように恍惚《こうこつ》とした表情を浮かべ、高らかに謳《うた》う。

「この『暴力』の悪役《ヴィラン》アンブローズ・ランスが、『暴力《アイ》』の第三世界を作り上げる」

悪望能力の影響範囲を世界全土に広げることによって次の世界を作り上げる第三世界思想。決して絵空事ではないことを、『塗りかえる根源の短剣』を所持するユウカは知っていた。この程度の小物では、到底辿《たど》り着《つ》けない領域であることも。

「レミニセンスも良い線はいってたんだけどね。あれじゃあ、全然足りないの。精々数百人に『暴力《アイ》』を配るのが精一杯。世界全《すべ》ての人間の意識を変えるには、まだまだ足りない。だからユウカちゃん、『塗りかえる根源の短剣』、あたしにちょうだい？」

「あげません」

ユウカは笑顔で断った。凶悪な悪役《ヴィラン》二人に囲まれてなお、ユウカもまた、余裕を崩さない。

「ユウカ様。状況が分かっておられないようですな」

ローマンがため息をつきながら悪望能力を顕現する。その悪望能力が、ユウカに向けられようとしていた。

るための剣を生み出す悪望能力を持つ。『忠誠の剣』の悪役《ヴィラン》は、桜小路家の敵を斬
「まさか、今更私が心変わりするとでも思っているのですかな？　四肢を斬って、目玉を抉《えぐ》れば、少しは口が軽くなりますか？」

「分からないわね、ローマン。アンブローズの目的は分かったわ。あなたはなぜ裏切ったの？　あなたはわたしの剣でしょう」

「私が忠誠を誓ったのは桜小路財閥であり、桜小路財閥の力を持つだけのただの小娘に忠誠を誓っ

たわけではないのですよ」

ローマンは落胆した表情で首を横に振った。

「ユウカ様。あなたには桜小路家を継ぐだけの才能が無い」

ローマンの辛辣《しんらつ》な言葉を聞いて、ユウカは目を伏せた。

「ローマン、わたしは悲しいわ」

「桜小路家の跡取りともあろう者が、裏切りにあって感情を揺り動かされるとは嘆かわしい」

「違うわ、ローマン。わたしが悲しいのは、桜小路家の執事ともあろう者が、この程度の謀略でわたしの上を行けたと本気で思い込んでることよ」

「この期に及んで負け惜しみですか。まずは腕の一つでも落としましょうか？」

「断言するわローマン。あなたは、わたしを傷つけられない」

「くだらない戯言ですな」

ローマンは躊躇《ためら》いなく剣をユウカの腕に振り下ろす。そこには主人に対する情は一切感じられない。しかし、ローマンの手はなぜか途中で、動きが止まった。否、ユウカを傷つけようとする行為を強制的に止めさせられているのだ。

悪役対策局《セイクリッド》には、約束事を強制的に履行させる悪望能力者がいる。

「これは……シンリ・トウドウの『秩序』の悪望能力……⁉」

ローマンは思い出しているはずだ。数時間前、シンリの前で自分が何を誓ったのかを。

シンリの悪望能力は約束を強制的に履行させる能力を持つ。

〝ローマンがいればわたしが傷つくことはないわ。そうよね？　ローマン〟

〝ええ、勿論《もちろん》ですとも〟

ユウカの隙の無い一手に、ローマンは可笑しそうに笑う。

「ユウカ様。自首を促したのは虚言でしたか」

「まさか、本当にあなたを信じて護衛をあなた一人にしたとでも思っていたのですか？　アンブローズの拠点を見つけるために、わざと攫われてあげたのですよ」

ユウカは昏い瞳《ひとみ》でローマンを見る。

「ねえ。ローマン、覚えていますか？　わたしがあなたに死んでと命令した時、あなたは自分を刺してみせた。その時、わたしは自分の気持ちに戸惑って泣いたわ」

「ええ、覚えていますとも」

「わたしは、自分が怖くて泣いたの。あなたが命を賭《か》けてみせても、全く信用する気になれなかった自分が怖かった」

そう、あの日、ユウカは気付いて泣いたのだ。もう自分は、誰《だれ》も信用することが出来なくなったのだと。全ての悪役《ヴィラン》は、ユウカの目的を達成するための駒《こま》に過ぎない。

「ああ、お祖父様。ユウカはちゃんと人を信用しない娘に育ちました」

ユウカの昏い、昏い瞳に気圧《けお》されて、ローマンが一歩退いた。

ユウカが微笑《ほほえ》むと、胸元から小型の自動人形が這《は》い出てくる。自動人形はユウカの肩に登ると、うるさい高笑いをし始めた。

「オーホッホッホ！　そろそろ乗り込みますわよ～！　あの、ユウカ様、発信機を作ったら釈放のお話、本当ですわよね？」

「ええ。アデリー・ソールズベリー。あなたが良い子にしていたらわたしの駒に加えてあげますよ」

通信機を兼ねる自動人形の向こうでアデリーが震える気配があった。

「もももちろん、もう暴れませんわよ。ハル・フロスト、エイスケ・オガタ、アレックス・ショー、ディルク・ヘルブランディがそちらに迎えにいきますわ！」

「ご苦労さま」

一部始終を聞いていたローマンは唖然《あぜん》とした。

「いつの間にアデリー・ソールズベリーを味方に……」

「残念です、ローマン。わたしにとって悪役《ヴィラン》は駒にすぎないと、あなたは理解してくれていると思っていたのに。勝手に動く駒があるなら、駒を増やすだけですよ」

アンブローズは、悪役対策局《セイクリッド》が乗り込んでくると聞いてもなお余裕を保っていた。

「あら、一本取られたみたいね。お客様を片付けたら続きをしましょう」

「わたしが見出《みいだ》した第十二課《テミス》を片付けられますか？」

「知らないようだから教えてあげる。さっきハルちゃんと戦ったけど、それはもう弱かったわよ」

「知らないようだから教えてあげます。あなたが思うよりも、『正義』の悪役《ヴィラン》は、優秀な駒ですよ」

「ふうん……？」

ユウカとアンブローズが目を合わせて、自分こそが上を行くのだと不敵な笑みを浮かべる。直後、部屋が揺れた。

　ユウカたちがいる部屋の鉄扉が蹴破られ、ハルとエイスケが飛び込んでくる。

「やあ、第二ラウンドだな。アンブローズ・ランス」

＊＊＊

「本当にこの屋敷にアンブローズがいるんだろうな？」

「信じてくださいまし！　早くユウカ様を迎えにいかないと、わたくし殺されてしまいますわ！」

「あんたユウカに何されたの？」

　ユウカの身を案じて第十二課《テミス》の拠点に戻ったエイスケたちを待っていたのは、アデリー・ソールズベリーの自律機械だった。すわ再戦かと思われたが、『自動人形』の悪役《ヴィラン》はすっかり牙《きば》がへし折られ、ユウカの従順な下僕になっていた。

　アデリーの話を聞く限りでは、信じられないことに、ユウカはわざとアンブローズとローマンに捕まり、拠点の場所を割り出したらしい。胆力のある娘である。アデリーを通して知ったアンブローズたちの拠点は、ケイオスポリス東部にあるユウカ・サクラコウジの別荘だった。

　同様にアデリーの自律機械に連れてこられたアレックス、ディルクと合流して、桜小路家の別荘に辿り着く。

「貴様ら！　止まれ！」

別荘の周囲を警戒していたアンブローズの私兵に銃口を向けられる。さてどうしようかとエイスケは思案したが、結論が出るよりも早く、周囲に雷が降り注いだ。

『雷光』の悪役《ヴィラン》、アレクサンドラ・グンダレンコの一撃である。

「屋敷の周りはワタシに任せてください。アンブローズの応援が来たとしても、誰一人として侵入させません。ユウカ様をどうか、よろしくお願いします」

「いいのか？　本当はあんたがユウカのところに行きたいんじゃないか？」

アレクサンドラがユウカのことを想《おも》っているのは知っている。本当なら、アレクサンドラこそユウカの元に駆けつけたいはずだ。

「良いのです」

巨大な『雷光』を、アレクサンドラが纏《まと》った。シャークとの戦いで見せた雷とは、桁違《けたちが》いの真の実力。悪役《ヴィラン》の悪望能力の出力が状況に応じて変わるというのなら、ユウカを救出するための今の状況は、とてつもなくアレクサンドラの悪望能力を高めているはずだ。

アンブローズの部下たちがアレクサンドラに気圧されたように、一歩下がる。

「今のワタシがローマン・バトラーと出会ったら、間違いなく消し飛ばしてしまうでしょう。それは、ユウカ様の本意ではありません」

アレクサンドラの瞳孔《どうこう》は開き、声は怒りに震えていた。高すぎる悪望出力を必死に抑えているのが分かる。今のアレクサンドラは冷静ではない。エイスケは頷《うなず》いた。

「分かった。お嬢様は任せておけ」

屋敷の外をアレクサンドラに任せると、ハル、アレックス、ディルクと共に玄関をぶち破って飛び込んだ。アレクサンドラの悪望能力による雷鳴が後ろのほうで響く。

「あとで玄関の弁償を要求されたりはしないよな？」

「大丈夫だろ。毎回街中で暴れてるけど請求されたことないぞ」

「ユウカはなんかハルにちょっと甘いところあるからなあ……」

軽口を叩《たた》きながら、アンブローズの部下たちを蹴散《けち》らし、エイスケたちは拠点を駆け抜ける。走りながら自律機械の通信機でエイスケはアデリーに話しかけた。

「アデリー、あんたはこっちに来ないのか？」

「こっちはこっちで略奪商会のなんちゃらに襲われて大変ですのよ！」

「シャーク以外にも悪役《ヴィラン》が雇われてるのかよ。屋敷の周りの奴らはアレクサンドラっていう銀髪の女が対処してるから上手《うま》いこと合流してくれ」

あの調子なら屋敷の外の連中はアレクサンドラ一人で充分だろう。アレクサンドラの憤怒の様子だと、合流したところでアデリーもアレクサンドラの雷の犠牲になるかもしれなかったが、まあ何とかなるだろう。

「エイスケ・オガタ、あなた、結構優しいところがありますのね！」

「そうだろう？　おっと、こっちにも客みたいだ。いったん切るぜ」

非能力者のアンブローズの部下たちを四人で撃退していると、エイスケたちの前に、二人の悪役《ヴィラン》が現れた。立ち振る舞いから相当の実力者であることが分かる。

「『不死』の悪役《ヴィラン》、ポール・イーリー」

「ヒヒヒ、『切削』の悪役《ヴィラン》、リチャード・マキロイだ」

一人は無表情の男、ポール・イーリー。もう一人の楽しそうに笑っているのはリチャード・マキロイ。アンブローズが使おうと考えた悪役《ヴィラン》だ、シャークと同程度の実力は見込んだほうが良いだろう。

「いきなり名乗りとは本気だな。やっぱりこっちにもいたか、悪役《ヴィラン》」

エイスケが相手をしようと構えると、アレックスとディルクがエイスケよりも前に出た。

「ここは自分とディルク先輩に任せて欲しいであります。あれは自分たちが調査していた悪役《ヴィラン》であります」

「ええ。ここは僕たちに任せてください。ハル君とエイスケさんはアンブローズを」

アレックスとディルクは別案件を追っていてエイスケとは分かれて行動することが多かった。

『不死』と『切削』は、アレックスとディルクが追っていた悪役《ヴィラン》事件の犯人だということだろう。

アンブローズの目的が事件増加による第十二課《テミス》の疲弊だったことを考えると、犯人がアンブローズの拠点にいてもおかしくはない。

「そうか？　助かる。いや、ちょっと待てよ」

ここをアレックスとディルクに任せるということは、必然的にエイスケはアンブローズかローマンの相手をすることになる。エイスケはハルを一撃で戦闘不能にしたアンブローズのことを思い浮かべ、冷や汗をかいた。ローマンにも模擬戦で一度も勝ったことがない。

「あー、ちょっと待って、俺もこっちにしようかな。ハルくん一人で大丈夫だろ？」

「行くぞエイスケ！　頼んだアレックス！　ディルク！」

「ですよね」

二人の悪役《ヴィラン》をアレックスとディルクに任せると、エイスケはハルに首根っこを掴《つか》まれながらズルズルと引きずられて屋敷の奥へと進む。屋敷を進むハルの足には迷いがない。

「ハル、場所が分かってるのか？」

「ディルクに場所を聞いた」

『分析』の悪役《ヴィラン》、相当に便利な悪望能力を持っている。ハルは屋敷の最上階である四階にまで駆け上がると、そこにあった鉄扉をそのまま蹴破《けやぶ》り、中に突入した。

部屋の中にはアンブローズと椅子に縛られたユウカがいた。

ハルは不敵に笑うとアンブローズに啖呵《たんか》を切る。

「やあ、第二ラウンドだな。アンブローズ・ランス」

「しつこい男は嫌われるわよ、ハルちゃん」

呆《あき》れたような声を出しながらアンブローズがハルと対峙《たいじ》する。

エイスケはハルに加勢しようとして一歩踏み出し、そこでピトリと首筋に刃物が押し当てられた。

ユウカ・サクラコウジの護衛執事ローマン・バトラーが、背後から剣を突き出してきていた。

「ほっほっほ。あなたの相手は私がしましょう。エイスケ様」

「ハルくーん、こっちの強そうなお爺《じい》ちゃんも頼めるかなあ？」

「エイスケ、模擬戦のこと覚えてないのか？　そっちは君に任せた！」

「ですよね」

エイスケはローマンに語りかけた。先に言っておくべきことがある。

「爺さん、投降する気はないのか？」

「ありませんな。そういったセリフは犯人を追い詰めてから言うものですぞ」

拘束されているユウカもなぜかローマンの言葉に同意する。

「ローマンの言う通りです。エイスケさん、そこの悪役《ヴィラン》をぶちのめしてやりなさい」

エイスケはため息をついた。実力行使をするしかないようだ。エイスケは思う存分暴れられるように、戦う場所を移すことにした。

「そうかい。じゃあまた後で聞くわ」

突如、ローマンが吹き飛んだ。屋敷の窓にぶち当たり、そのまま外に落下していく。

エイスケの悪望能力による攻撃だ。『不可侵』の障壁を小型の直方体として生成したのち、急激に障壁のサイズを大きくすれば、その場にいる者を障壁で強く打ち付けることができる。

攻撃力は低いため、ローマンはおそらく無傷だろう。エイスケはローマンを追うべく、窓の外へと歩いていく。その様子を見たアンブローズが声をかけた。

「あら、こっちは一対一で良いのかしら？　ハルちゃんがあたしに勝てるとは思えないけれど」

「問題ねえよ。同情するぜ、ハル・フロストの前で悪事を働くなんてな」

「随分と買い被られてるのねえ、あの子」

「あんた程度の悪役《ヴィラン》じゃあハルの強さは分からないだろうな」

「……うふふ。ハルちゃんを殺したら次はあなたの相手をしてあげるわ」

「おお怖ぇ怖ぇ」

エイスケはヒラヒラと手を振りながら窓の外へと飛び降りた。透明な障壁を階段状に出して、空中を歩きながら屋敷の中庭まで下っていく。中庭には整えられた木々や噴水が見えた。エイスケの悪望能力にとって悪くない場所だ。やがて地面に降りると、そこにはローマンが待ち構えていた。

「待たせて悪いね」

「いえいえ。本気のエイスケ様とは一度手合わせをお願いしたかったのです」

「模擬戦では爺さんの全勝じゃねえか。少しは手加減してくれよ」

「ご冗談を。エイスケ様は本気では無かったでしょう」

模擬戦で手を抜いていた訳ではない。しかし、エイスケの悪望能力のポテンシャルが命の取り合いでこそ発揮されるのは事実だ。

静かに、戦いが始まった。

ローマンの周囲を一本の剣が飛び交いはじめる。剣を生成し、自在に飛行させる『忠誠の剣』の悪望能力。一切の殺気を見せず、エイスケの胸元に剣が飛来する。

剣は、エイスケに到達する前にピタリと止まった。不可視の障壁を生み出す『不可侵』の悪望能力による防御。『忠誠の剣』と『不可侵』がせめぎ合う。

「俺の本気が見たいってんなら、爺さん、あんたも本気を出すべきじゃないのか？」

「ほっほっほ」

剣が、三本に増えた。模擬戦ではローマンは剣を一本しか出していなかった。手を抜いていたのは、むしろローマンのほうだろう。

それぞれの剣が殺意を持つかのように、エイスケに殺到する。エイスケはそれらを『不可侵』で弾くが、一度弾いた剣も再度エイスケを狙《ねら》い、飛来し続ける。絶えず視界の外側から襲いかかり続ける剣撃。しかし、この程度ではエイスケを殺すことなどできない。

「これで本気かい?」

「なかなかやりますな。では、これではどうでしょう?」

剣が、七本に増えた。エイスケはさらに『不可侵』で弾こうとして、危機を察知した。一つの障壁に二本の剣が集中し、障壁が割れる。障壁を割った剣を回避したエイスケに別の剣が飛来する。剣は徐々に速度を上げていき、ついに音速を超えた。障壁を幾度も割られながら、エイスケは巧みに回避し、時には拳《こぶし》で剣を叩き落《お》とす。

恐るべき悪望能力だった。音を置き去りにして対象を襲い続ける七つの剣。対手が高位の悪役《ヴィラン》でなかったら一瞬でバラバラになっている。

『忠誠の剣』と『不可侵』の悪望能力が同時にいくつもの場所で激突し、火花を散らす。常人が見れば、同時に散る火花は七つどころか数十に見えただろう。攻防が速すぎるために、『忠誠の剣』と『不可侵』が激突した同刻に、次の攻防が始まっているのだ。刹那《せつな》の時間を当然のように認識する、高位の悪役《ヴィラン》同士の高速戦闘。

「私の『忠誠の剣』は、七本の剣を私の意思で自在に操ることができます。いつまで耐えられますかな？」

ローマンのセリフを聞いてエイスケは薄く笑った。ローマンは嘘《うそ》をついている。自身の悪望能力を偽装してエイスケの油断を誘っているのだ。

だが、偽装しているのはエイスケも同じこと。

七つの剣を防御しながら、エイスケは何もないはずの頭上に『不可侵』の障壁を展開した。甲高い金属音と共に、不可視の剣が弾かれる。あるはずのない八本目の不可視の剣が上から降ってきたのを、エイスケがなんなく障壁で受け止めたのだ。

七本の剣という話は、フェイク。くだらない小細工だ。

「つまらない嘘をつくじゃねえか、爺さん」

「……あり得ん。なぜ私の剣の場所が分かる」

ここにきて初めて、ローマンの余裕が崩れた。この剣でエイスケにトドメが刺せると確信していたのだろう。頭上から不可視の剣が降ってくるのを知らなければ防げない攻撃を、完璧《かんぺき》に防御されて動揺している。

勘違いも甚だしい。むしろ、必殺の一手であるからこそ、エイスケを殺すことはできない。

「視えない透明の剣があんたの切り札ってわけだ。ブラハード・バーンを殺した犯人も爺さんだな？」

「なぜ私の剣が防御できたかと聞いている！」

エイスケは周囲の状況を確認する。アレクサンドラは屋敷の反対側、ハル、アレックス、ディルク、ユウカは屋敷の中、アデリーの自律機械はついてきていない。この中庭にはエイスケとローマンしかいない。

ローマンは手加減して勝てる相手ではないが、今から使う切り札はユウカには伏せておきたい。なるべく目撃者を減らすために、戦う場所を移した甲斐《かい》はあったようだ。

エイスケが多少の本気を出しても、見ている人間はいないのだ。

エイスケは笑って答えた。たまには名乗りをあげるのも悪くないだろう。

「教えてやるよ。俺の悪望能力は『不可侵』じゃあない」

＊＊＊

「第十二課《テミス》とアンブローズ・ランスの一味が戦闘に入ったようです」

「んー、そうかイ」

ヨーヨー・ファミリーが拠点とするビル、その一室。

『少女愛』の悪役《ヴィラン》、ウーロポーロ・ヨーヨーは、部下であるラシャードの報告に気のない返事をした。『好奇心』の悪役《ヴィラン》、ラシャード・H・ノアの情報に誤りはあり得ない。ラシャードがそう報告した以上は、第十二課《テミス》とアンブローズがやり合っているのは真実なのだろう。

「手を貸さなくていいのかよボス？　アンブローズが相手じゃあ、第十二課《テミス》の連中のほうが分が悪いんじゃねえか？」

同じく部下であるゴッチョフに問われて、ウーロポーロは静かに首を振った。手ずからアンブローズを殺すのは吝《やぶさ》かではなかったが、第十二課《テミス》が戦う以上は、この件は、既に終わっているのだ。

「ハルとエイスケが行ってるんだろウ？　じゃあそれで終わりだヨ」

「ハル・フロストはともかく……エイスケとかいう腰巾着《こしぎんちゃく》は強そうには見えなかったけどよ……」

ゴッチョフの率直な感想に、ウーロポーロはくつくつと笑う。この部屋に来た時のエイスケは、まるでウーロポーロという狼《おおかみ》に怯《おび》える羊のようだった。しかしウーロポーロに言わせれば、あれは羊の皮を被っているだけの別の何かだ。

「ラシャード、キミはどう思うかネ？」

おそらくラシャードもエイスケの実力を測りかねているのだろう、口に手を当てて考え込んだ後、呟《つぶや》いた。

「そうですね。エイスケさんは、おそらく、ゴッチョフさんが思うよりも……深い。そう思います」

「ああ？　なんだそりゃあ？」

ラシャードの抽象的な言葉にゴッチョフは観念したように手を上げた。ゴッチョフに分からないのも無理はない。エイスケの本質は、ウーロポーロのように同質の悪望を抱いていなければ理解できない。

「あれはワタシと同じ方向の悪望だヨ。他者を愛し、他者に依存し、それゆえに脆ク、」

ウーロポーロは確信していた。エイスケ・オガタは、悪望深度Sの悪役《ヴィラン》ウーロポーロ・ヨーヨーに届き得る災害だ。

「……それゆえに、強イ」

＊　＊　＊

ローマン・バトラーは、己の悪望能力こそが最強であると自負していた。

桜小路家の敵を斬り裂く力を願った『忠誠の剣』の悪望能力。敵を殺すことに特化したこの悪望能力は、七本の剣に加えてさらに七本、不可視の剣を生成して操ることができる。不可視の剣には毒を塗ることもでき、絶対に回避させず、かすり傷を負わせるだけでも絶対に殺す最強の剣として、ローマンは桜小路家を支えてきた。

不可視にして不可避の魔剣。

七本の剣を囮《おとり》に、魔剣はいつものように敵に迫り、当然のように殺害――できなかった。

最強の剣が、今、防がれている。

「教えてやるよ。俺の悪望能力は『不可侵』じゃあない」

エイスケの言葉をローマンは即座に否定する。

「あり得ない。あなたとユウカ様の面談には私も同席していた。『暴きだす真実の水瓶』は、あなたが『不可侵』の悪役《ヴィラン》であるという回答に真実《TRUE》を示した」

つまり、エイスケが不可視の剣を防いだのはたまたまだということだ。ローマンはそう判断し、二本目の不可視の剣をエイスケの足の甲に刺すように飛ばした。もちろん、即死の毒も塗り込んである。

しかし、必殺であるはずの剣は、またしても、エイスケの障壁によって弾かれる。

「一つ目、『予知』の悪望能力。俺は殺せない。死の未来はリリィが教えてくれるからな」

「あり得ない」

悪望能力は一人に一つ。『不可侵』の悪望能力を持つエイスケが、『予知』の悪望能力を持っているはずがない。

出し惜しみはなしだ。ローマンは七本の不可視の剣を全《すべ》てエイスケに向け発射した。しかし、それらは全て防がれる。四本は障壁によって、三本は突如飛来してきた噴水の水によってだ。

「二つ目、『渇水』の悪望能力。俺は水を操ることができる」

「あり得ない。あり得ない！」

『不可侵』による障壁生成、『予知』による防御、『渇水』による水流操作。悪望能力は一人に一つという原則を逸脱している。あり得ないという想《おも》いと同時に、ローマンはエイスケの言っていることが真実であるとも感じていた。

ローマンとて歴戦の戦士、積み重ねた経験による勘が確かに告げていた。信じられないことに、エイスケ・オガタは、悪望能力を複数持っている！

しかし、『暴きだす真実の水瓶』によってエイスケ・オガタの悪望能力は『不可侵』であると確かに……待て、水流操作だと？

『暴きだす真実の水瓶』は、水文字によって真実《TRUE》か虚偽《FALSE》を示す超越器具。

「操ったのか……！　『暴きだす真実の水瓶』の水文字を！」

エイスケは笑って宙に浮かぶ水を真実《TRUE》の形に構成した。

『不可侵』の悪望能力であることは嘘だった、人を傷つけたことがないというのも嘘ではないか？　人を殺したことがないというのはどうだ？　ローマンにはエイスケの経歴のどこまでが嘘でどこまでが真実だったのか、分からない。

恐怖に駆られながら剣を投擲《とうてき》するが、その全ては『不可侵』の障壁によって防がれる。

「三つ目、『不可侵』の悪望能力。ああ、これはもう見せていたよな？　俺の親友アルミロの最強の悪望能力だ」

親友の悪望能力。目の前の男は確かにそう言った。

「エイスケ様。つまりあなたの悪望能力は……」

「ああ、俺の悪望能力は『継承』。リリィ・エインズワースの『予知』、ペニュエル・オリファントの『渇水』、そして、アルミロ・カサヴォーラの『不可侵』の悪望能力を受け継いだ、『継承』の悪望能力だ」

エイスケの笑みが、ローマンには邪悪な魔王の嘲笑《ちょうしょう》に見えた。

「ここまでが俺の名乗りだな。自分がどういう悪望を持っているかというのは、たまには言語化しないと分からなくなっちまう。さて、お望み通りの本気だぜ。あんたも名乗りをあげろよ、ローマン・バトラー」

「……！　桜小路家戦闘執事第一位、『忠誠の剣』の悪役《ヴィラン》ローマン・バトラー」

「アルミロの遺志を継ぐ者、『継承』の悪役《ヴィラン》エイスケ・オガタ」

「我が『忠誠の剣』に切り裂かれるがいい！」

「俺はただ想いを『継承』し、叶《かな》えるだけだ」

　合計十四本の剣、その全てが音速を超えてエイスケに投擲され、そのことごとくが『不可侵』と『渇水』によって防御される。エイスケに『予知』の悪望能力がある以上、ローマンの剣が届くことはない。

　当たれば即死の剣の嵐《あらし》が吹き荒れる中、エイスケからは一切の恐怖が感じ取れない。己が死ぬことはないと確信しているような、絶対の自信を持って防御しているのが分かる。

　エイスケの『渇水』によって飛来した鋭い水流が、ローマンの足を貫いた。エイスケはすでにローマンの『忠誠の剣』を見切りはじめ、攻撃に転じはじめている。

　もはや疑う余地は無い。ローマンはその生涯で桜小路家の全ての敵を葬ってきた。その最期に、最強の敵が立《た》ち塞《ふさ》がっているのだ。

「ならば！」

　ローマンはレミニセンスの注射器を自身の首筋に突き立てた。

　追想《レミニセンス》の名の通り、このドラッグは自身の人生を一瞬のうちに再度体験させ、己が命を賭《か》けるに値する『これ』が何であったか、自身が何の悪役《ヴィラン》であったかを明確に思い出させる。

　ブラハードに与えられたレミニセンスとは質が違う。身体《からだ》に与えられる負荷も桁違《けたちが》いだが、それ故にローマンの悪望能力を圧倒的なまでに強化させる。

ローマンの六十五年の人生が一瞬のうちに回想されていく。


六十年前、孤児であったローマンを拾ってくれたのは、ユウカ・サクラコウジの祖父にあたるコウタロウ・サクラコウジであった。

日々の食事に困り、痩《や》せ細《ほそ》り、ただ死んでいくはずだったローマンに、食事を与え、生きる意味を与えてくれたのはコウタロウだ。だからローマンは桜小路家にその生命を捧《ささ》げることを誓ったのだ。

『忠誠の剣』の悪役《ヴィラン》として覚醒《かくせい》し、桜小路家のために懸命に戦い続けた日々が、レミニセンスによって鮮明に思い出されていく。

コウタロウは敵に厳しい反面、家族には優しく接する男だった。ローマンも家族同然として扱われ、日々を幸福に過ごした。家族思いのコウタロウは、敵の多い桜小路家を娘に継がせる気はなかった。娘はやがて普通に恋をした男と結婚し、ユウカが生まれた。

そして、ローマンの記憶はその日に行き着いた。ユウカ・サクラコウジの両親が亡くなったその日へと。

あの日ほど、ローマンが己の不覚を後悔した日はない。

ユウカの両親は悪役《ヴィラン》によって殺された。桜小路家の護衛の執事に裏切られ、殺されたのだ。コウタロウによって優しく庇護《ひご》され普通の娘として育ったユウカの母は、死の瞬間まで、自分が裏切りに遭うことなど考えてもいなかっただろう。

下手人を血祭りに上げたローマンの胸ぐらをコウタロウが掴《つか》み、慟哭《どうこく》する。

「ワシが間違っていた。ワシが間違っていたのだ、ローマン！　桜小路の娘として、誰《だれ》も信頼せぬように育てれば、娘は死ぬことは無かった！」

ローマンにとって、それが正しいかどうかは分からない。しかし、ローマンは『忠誠の剣』の悪役《ヴィラン》。桜小路家の当主がそう言うのならば、それに従うだけだ。

その日から、コウタロウとローマンは、ユウカを桜小路家の跡取りとして育てた。誰も信じることのないように。誰にも裏切られぬように。

月日が経《た》ち、病気で死の淵《ふち》に立った時も、コウタロウはユウカの身を案じていた。死の間際に、コウタロウはローマンに命じた。

「ユウカを裏切れ、ローマン。誰も信じることのない桜小路家の跡取りとして、ユウカを完成させるのだ」

もしかしたら、コウタロウは壊れていたのかもしれなかった。コウタロウの命令に、背くこともできた。しかし、どうしようもなくローマンは悪役《ヴィラン》だった。魂の尾が、桜小路家に忠誠を誓った日々にしっかりと結ばれていて、今更解くことができないのだ。

それにローマンは『忠誠の剣』。ユウカの両親を護れなかった咎《とが》は、どこかで受けなくてはならない。その命の最期を、ユウカのために使えるのならば、否やはない。

そうしてローマンはユウカを裏切り、ユウカはそれに応《こた》えてみせた。

「ユウカ様は、誰も信じぬ桜小路の跡取りに育ちましたよ、コウタロウ様」

ローマンの意識が一瞬の生涯から戻った。

ユウカは桜小路家の跡取りとしてこれ以上なく完成した。ローマン、そして桜小路家の計画はすでに成就している。ここで命を落としても問題はない。

「だが、貴様は危険だ！　エイスケ・オガタ！」

ローマンの直感が告げていた。複数の悪望能力を操るイレギュラー、この男はユウカ・サクラコウジには扱いきれない。この男は、桜小路家の敵になり得る。ここで殺しておかなければならない。

高濃度のレミニセンスの負荷によって数分後には命を失うだろうローマンは、しかし、それ故に最強の悪望能力を手に入れた。

強化された『忠誠の剣』の悪望によって、千の剣が、夜の空に具現化する。その一つ一つがエイスケの障壁を破る強度を持ち、掠《かす》れば即死する猛毒を持つ。

必殺の剣が、音速を超える速度でエイスケに迫る。

一つ一つの剣が、単純な軌道ではない。レミニセンスによって生涯全ての戦闘経験を追想したローマンの悪望能力は、千の斬撃全てを、達人の絶技の域に至らせた。

十の剣を一度でも受ければ追撃の十の剣が受け手をその場に縫いとめ、絶命するまで剣の豪雨が降り注ぐ。剣を避けたとしても、回避の道筋も剣によって誘導されている。先回りした剣に串刺《くしざ》しにされるであろう。そもそもにして手数が多い。千の剣を全て受けるのは一つの悪望能力では絶対に不可能だ。

否、二人、三人でも受け切れない。仮にハル・フロストやアレクサンドラ・グンダレンコがこの場にいて、初撃を受け切ったとしても、完全な意思の疎通が取れなければ、連携の隙が必ず生じる。

そして、ローマンの剣はその隙を決して見逃さない。

レミニセンスが生み出した『忠誠の剣』の絶技。

ローマンは勝利を確信して笑おうとして、その瞬間、魔王と目が合った。

——待て。

一つの悪望能力では手数が足りない。

三つの悪望能力では連携の隙が生じる。

ならば、三つの悪望能力が、一人の悪役《ヴィラン》に従っているならば、どうなる?

エイスケ・オガタはその解答を示した。

剣の軌道を正確に読み取り、『不可侵』で受け、軌道を逸《そ》らし、『渇水』の水で剣速を緩め、『予知』を見たかのように常道ではあり得ぬ避け方をする。

永劫《えいごう》とも思える数十秒間の剣の絨毯《じゆうたん》爆撃。

半分の五百手が、いとも簡単に受け切られた。

「当たれ!　当たれ!　当たれぃ!」

ローマンはさらに集中を高め、刹那《せつな》よりも短い時間を認識し、剣の一手一手を巧みな角度に調整し、エイスケの逃げ場を奪わんとする。

当たらぬはずがない。当たらぬはずがないのだ。悪役《ヴィラン》としての人生、戦闘経験、自身の全《すべ》てを注ぎ込んだ一手が、こんな若造に見切られるはずがない。

さらに速度を上げ、唸《うな》りを上げてエイスケに剣が迫る。受け方を一手でも間違えれば即死の連撃を、ダンスでも踊るかのようにエイスケは受け切っていく。

しかし、最後の最後、ローマンの意地が、エイスケを捉《とら》えた。一つの剣の軌道に隠れるようにして追撃の剣を滑らせ、その二手も囮《おとり》にして不可視の剣をエイスケの腕に掠らせるように置く。コンマ一秒後には猛毒の剣がエイスケの薄皮を裂くだろう。

「やったか⁉」

「そういうのって大体やってないんだよなあ」

剣がエイスケに当たる寸前、『渇水』の水流がエイスケの腕を削《そ》ぎ、ちょうどその部分を剣がそのまますり抜けた。当たって、いない。剣を落とすのが無理だと悟った瞬間、躊躇《ためら》いなく自身の腕の肉を削いだ。『予知』の悪望能力だからこそできる離れ業だ。

自身の奥義を受け切られたローマンは、既に全ての力を使い果たしている。エイスケが駆け、踏み込み、目の前で拳《こぶし》を振り上げるのが見えた。

「この私が、たった一人の悪役《ヴィラン》に負ける……？」

「見りゃ分かるだろ。一人じゃねえ」

拳を握り込んだエイスケが、ローマンを思い切り殴り飛ばした。アンブローズを思わせる驚異的な腕力によってローマンは吹き飛び、木々をいくつも倒壊させてからようやく止まった。

ローマンは血反吐を吐きながら、そこに君臨する悪役《ヴィラン》の王の姿を見た。数多《あまた》の悪望能力を行使する、史上最悪の災害。

「ま、魔王……」

＊＊＊

エイスケは胸をなで下ろした。

危なかった。リリィの『予知』にはいつも助けられている。死の危険を察知する『予知』の悪望能力は、死の未来が視えた時、死の未来が視えなかった時の両方を合わせることで真価を発揮する。

アデリーの自律機械に殺されかけた時は死の未来が視えなかったことでエイスケは自分が助かることを理解していたし、逆にブラハードがレミニセンスで強化された時は死の未来が視えたことによって危機を悟ることができた。

ローマンとの戦いで『予知』した死はゆうに千を超える。リリィがいなかったら数秒持たずに細切れになっていたところだ。スタミナも使い切ってヘトヘトだ。ローマンのほうにもう少しの余力があれば、エイスケの悪望能力の出力が持たずに押し切られていただろう。

「さて爺《じい》さん、追い詰めたぜ。投降しな」

ローマンは木に寄りかかるように座り込みながら、静かに首を振った。

「ほっほっほ。老体にレミニセンスを使ってしまいましたからな。残念ながら、私の命はここまでのようです」

「……」

憔悴《しょうすい》したローマンの姿は、嘘《うそ》を言っているようには思えなかった。ならば、エイスケはローマンにどうしても言っておきたいことがある。

「おい爺さん、あんたがどうしてユウカを裏切ったのかは知らねえ。だが、マジでお嬢様が、アンブローズの拠点を見つけるためにわざと捕まった、なんて思ってるんじゃないだろうな？」

「どういう……ことですかな……？」

ユウカは悪役《ヴィラン》を信じない。自分の身を危険に晒《さら》すのも、俺たち第十二課《テミス》が救助に来るのを信じるのも、明らかにユウカらしくない判断だった。自分の信念を曲げてでも、ユウカにはやらなくてはならないことがあったのだ。

「分からねえのか？　ユウカは、あんたが内通者だと気付いた。それでも、一人で説得する道を選んだ。見逃すつもりだったんだ！　あんたが自首すると、本気で信じていた！」

ユウカがこれを口にすることは無いだろう。意地っ張りなあのお嬢様は、最後までローマンと敵対したまま終わるつもりなのだろう。だけど、これは誰かが代わりに言っておかなくてはならないことだ。

なぜだかとても頭にくる。エイスケがとっくの昔に失くした何かを、ローマンが簡単に捨てたのが、腹立たしいのかもしれなかった。

しかし、エイスケとローマンは悪役《ヴィラン》だ。言葉を交わしても、互いの根っこが変わることなどあり得ない。

「ほっほっほ。やはりまだ、桜小路の跡取りとしては甘いですな……」

エイスケの言葉は伝わらなかった。

ローマンはエイスケと数言交わすと、最期に笑った。瞳《ひとみ》の光彩が消え、それっきり、動かなくなる。最期の瞬間に何を想《おも》ったのか、エイスケには分からない。

＊＊＊

『分析』の悪役《ヴィラン》、ディルク・ヘルブランディの悪望能力は、触れた対象の情報を読み取る。

ディルクは屋敷の壁に触れると、悪望能力を発動し、状況の把握に努める。

こうして壁に触れていれば、屋敷内でどういった戦闘が起こっているかも読み取ることができる。

集中すれば、中庭でのエイスケとローマンの戦闘も何が起こっているかは分かった。

「『不可侵』だけでなく、水流操作に属する悪望能力も……それだけではローマンさんの攻撃を防御できる説明にはなりませんね。もう一つ、何か使用していますか」

エイスケと握手した時に覚えた違和感が氷解していく。『不可侵』の悪役《ヴィラン》であることは嘘ではないのに、他の悪役《ヴィラン》であるようにも思える、エイスケの独特な悪望。まさか、複数の悪望能力を使う悪役《ヴィラン》だと誰《だれ》が思うだろうか。

「なるほど、なるほど。これは、すごく面白い」

ディルクが感心していると、『切削』の悪役《ヴィラン》リチャード・マキロイの泣き叫ぶ声が聞こえてきた。

「クソッ、クソッ、クソッ、どうして死なねえんだよおおお！」

アレックス・ショーが、悲鳴を上げるリチャードの頭部を握って持ちながら、ディルクのほうへと歩いてきた。万力のように締め上げるアレックスの怪力にリチャードは苦しみ悶《もだ》える。

「ディルク先輩、こちらは終わりましたであります」

アレックスは全身を負傷していた。左腕は半ばから千切れ、胴体には穴が空いている。リチャードの『切削』の悪望能力による攻撃である。しかし、並の悪役《ヴィラン》なら致命となるような傷を負ってなお、アレックスは全く動じていない。

「夜間のアレックス君と戦うとは、同情してしまいますね」

アレックスの傷から小型のコウモリが大量に飛び出す。空中をさまよったコウモリたちはアレックスの傷に集まると、アレックスの肉体に変化し始めた。あっという間に彼の肉体が無傷の状態に戻る。

とある怪物への変身願望を叶《かな》えるアレックスの悪望能力は、夜の間はほぼ不死に近い。

「先ほど戦った『不死』の悪役《ヴィラン》ポール・イーリーとは別格ですね。君こそ本物の不死だ」

「そのポールとやらはどこに行ったのでありますか？　何度攻撃しても再生するので面倒な相手に思えましたが」

「その辺に転がっていますよ」

アレックスはキョロキョロと周囲を見渡したあとに、ポールだったものの残骸《ざんがい》を見て、顔をしかめた。

「ウッ。殺してはないのでありますね？」

「生きていますよ。殺したらハル君が怒りますからね」

よく耳を澄ませると「ゴロジデ……ゴロジデ……」と呻《うめ》いているのが分かる。

「後学のために聞きたいのでありますが、無限に再生する『不死』の悪役《ヴィラン》をどうやってここまで追い込んだのでありますか？」

「簡単な話ですよ。悪望能力は強く願えば願うほど出力があがりますが、その逆も当然あります。『不死』の悪役《ヴィラン》というのは、〝死にたくない〟という悪望ですからね」

世間話をするようなトーンで、ディルクは手に持ったナイフをクルクルと回しながら、残虐な種明かしをする。

「痛みを使って〝死にたい〟と思わせるだけで、簡単に『不死』の悪望能力の出力は下がるんです」

「なるほど。絶対にディルク先輩の敵にはなりたくないであります」

アレックスは真顔で相槌《あいづち》をうつと、上階を気にするように天井を見上げた。

「自分はハル先輩のほうに加勢に行きますが、ディルク先輩はどうするでありますか？」

「僕はここに残って残党を片付けます。まだ見たいものもありますしね」

「了解であります」

アレックスが去っていくのを見送りながら、ディルクは『分析』の悪望能力で、屋敷全体の戦いを俯瞰《ふかん》する。

「すごく楽しい状況になりましたね、これは」

ディルクが第十二課《テミス》に所属している理由は、面白い悪役《ヴィラン》を分析できるからだ。ハルとエイスケの戦いから目を離すことができない。

この二人にはまだまだ伸び代がある。もっと先を見たい。もしかしたら悪望能力の限界よりさらに向こう、その先の第三世界の扉を開くのは彼らかもしれない。

「となると、今はユウカ・サクラコウジに与《くみ》するのが良さそうですね」

ディルクは未知を『分析』できるかもしれない未来に心を躍らせた。

＊　＊　＊

ハル・フロストとアンブローズ・ランスは、一切の小細工をせず、真っ向からぶつかっていた。

ハルの『正義』の悪望能力は対悪役《ヴィラン》戦においては無類の強さを発揮する。あらゆる悪望能力を無効化する上に、具現化した剣で悪役《ヴィラン》を斬れば、並の悪役《ヴィラン》なら一撃で気絶、戦闘行動を不能にさせる。

悪役《ヴィラン》を打ち倒すという悪望を忠実に叶えるための悪望能力。およそ大半の悪役《ヴィラン》の戦闘能力はあくまで叶えた悪望の付随物にすぎない中、ハルの悪望は、最初から悪役《ヴィラン》との戦闘で勝利することを願った特殊な願望だ。悪役《ヴィラン》を狩るのに最も適した形をもった願望。それが『正義』の悪望能力である。

その唯一無二の『正義』の悪望能力が、アンブローズによって捌《さば》かれ続けていた。

ハルの切り上げた剣を悠々と後ろに引いて避け、追撃の水平斬りも拳ではたき落とす。

ハルの攻撃は、完全にアンブローズに見切られていた。いかに最強の攻撃能力を持つ悪望であっても、当たらなければ意味は無い。単純な速度ならハルのほうが上を行くにも拘わらず、アンブローズは巧みに受け、捌き、避ける。ハルの攻撃が当たらない。

強いというよりは、巧い。実践を積んで我流で強くなったハルのそれが獣の強さだとしたら、アンブローズの強さには人の理がある。

「ハルちゃん、あたしがただ力を振るうだけの悪役《ヴィラン》だと思ってたのかしら？」

「思ってたよ！　アンブローズ、お前、何かやってるな」

「『暴力』とは、人の歴史よ。先人から学ぶことは多いわ」

アンブローズはハルの剣先を器用に避けると手首のスナップを利かせて、ハルの手を打った。ハルが剣を取り落としたところに、右ストレートが叩《たた》き込《こ》まれる。たまらずハルは後退する。対剣格闘術にボクシング、アンブローズの技術は節操がないように見えて、ハルにも馴染《なじ》み深いものだ。

「リゴベス連邦共和国陸軍格闘術！　第二課《レア》の真似事か？」

「あら、詳しいのね、ハルちゃん。でもこれだけじゃないわよ。地下闘技場にはたくさんの闘技者が来るからね。仲良く『暴力』を磨いているってわけ」

悪役《ヴィラン》としての身体能力だけに頼らず、武術を磨くのに余念がない。

『暴力』の悪役《ヴィラン》、アンブローズ・ランス。他者を傷つけ、他者に傷つけられることを生業《なりわい》とする悪役《ヴィラン》は、格闘戦でハルの上をいく。

「それで、剣を落としちゃったみたいだけど、どうするのかしら？」

「こうするんだよ！」

取り落とした剣が消え去り、ハルの手に新しい剣が具現化する。ハルの『正義』の悪望能力は、武器を具現化する能力だ。必然、武器を失くすという事態に陥ることはない。

ハルは集中を高め、さらに速度を上げてアンブローズに迫った。力で押せないなら、さらなる力で押し崩す。

「いいわあ、ハルちゃん。でもね、あたしはこれでも闘技場のオーナーなのよ。凶獣《けもの》の相手はお手の物ってわけ」

加速していくハルの攻撃もアンブローズは涼しい表情で叩き落《お》とす。

悪役《ヴィラン》を噛《か》み砕《くだ》く凶獣すら子猫のように扱うのがアンブローズという悪役《ヴィラン》だ。技巧ではなく力で倒そうとして倒せるものではないのは、ハルも理解しつつあった。

「やっぱりダメね。これならエイスケちゃんに相手してもらったほうが楽しめたかしら」

アンブローズが失望の声をあげた。それほどまでに、ハルとアンブローズの間には差があるのだ。

ハルはアンブローズの強さに脅威を感じながらも、それ以上に憤りを覚えていた。だってそうだろう、これほどの力を持っているのなら、人を傷つけることではなく、人を護《まも》ることだって出来るはずなのだ。それが、どうしてもハルには許せない。

「なぜだアンブローズ！　ここまでの力を持ちながら、なぜその力を悪事に使う」

「逆よお、ハルちゃん。悪事に使おうとしているからこそ、あたしはこんなに強いの。あたしたちは悪役《ヴィラン》、他者を傷つけてでも叶えたい願いがあるからこそ、強い。そうでしょ？」

「一緒にするなよ！」

なおも続くハルの連撃を捌き続けるアンブローズは、欠伸《あくび》をしながら右腕に力を込めた。

「飽きちゃった。これでトドメね」

地下闘技場の時と同じく、アンブローズの極大の攻撃力を秘めた右拳《こぶし》。先ほどの右ストレートのようなお遊びではない、本気の一撃がハルの頭に直撃する。

「……あら？」

地下闘技場の時と違うのは、今度はハルは吹き飛ばなかったということ。

さらには、ハルは避けずに、前に踏み出してアンブローズの拳を受けたということ。アンブローズの誤算があったとしたらここだろう。凶獣《けもの》は死を恐れるが、悪役《ヴィラン》は死を恐れない。

頭から鮮血が溢《あふ》れ、頬《ほお》を伝っていくが、ハルは意に介さない。

ハルは憤っていた。アンブローズの『暴力』の悪望能力によって、地下闘技場では多くの市民が負傷した。ユウカが攫われ、傷つけられようとした。ハルは悪役《ヴィラン》が許せない。そして、目の前で悪事が行われながら何もできない自分はもっと許せない。

「お前のせいで多くの人が傷ついた。罪を償え」

ハルが前に出たことによって、アンブローズは剣の間合いに入っていた。

ハルの怨嗟《えんさ》の声と共に、『正義』の長剣が、ついにアンブローズを捉《とら》えた。ハルの悪望能力は人を斬らずに悪望のみを斬る。肉体を傷つけることは無いが、アンブローズには悪望を斬られた痛みが走ったはずだ。

アンブローズは二歩、三歩と後ろによろけ、踏みとどまった。

アンブローズは痛みを大切に抱くかのように斬られた部位をそっと指でなぞると、ニタリと笑う。

「そう。そういうこと。シチュエーションでテンションが上がるタイプなのね。ハルちゃん」

アンブローズは上着をビリビリと破って放り投げた。傷だらけの上半身がさらけ出される。

追撃のためにハルは上段から斬りかかる。アンブローズは構えない。ハルは疑問に思うもそのまま攻撃を実行、斬撃がアンブローズに当たる寸前、想定外のことが起きた。

部屋の壁にある本棚から、大量の本がハルを目がけて飛来してきたのだ。

「グッ！」

予想もしなかった方向からの攻撃にハルの防御が遅れる。

ただの本ならハルにダメージを与えることは無かっただろう。しかし、悪役《ヴィラン》に怪我《けが》を負わせるほどに本は硬質化していた。アンブローズが自身の肉体、周囲の物体を硬質化する能力を持つことをハルは思い出す。

「これを見せるのは久しぶりね。あたしの悪望能力はね、周りのモノを投擲《とうてき》することができるの」

アンブローズの周囲に、いくつもの本が浮き上がる。

自己と物体の硬質化、他者の凶暴化に続く、『暴力』の悪望能力の第三の能力、念動力《サイコキネシス》。

「お前、いくつ能力を持っているんだ」

「一つよ、たった一つ。あたしの悪望は『暴力《アイ》』だけよ」

再度、アンブローズの周りを漂っていた本が、ハルに向かって投擲された。

「ハルちゃん、聞いてくれる？　あたしはね、お母さんから愛されて育ったの」

ハルは飛びかかってくる数十の本を迎撃、全《すべ》てを斬り捨てる。ハルの『正義』により、『暴力』の硬質化・念動力の干渉を失って床に落ちていく本たち。

「お母さんはあたしを殴るたびに言っていたわ。これは愛なんだって。愛してるから殴るんだって」

ハルは疾走しアンブローズに接近、斬りかかるも、アンブローズに蹴《け》り上げられて再び距離を取られる。咳《せ》き込みながら、ハルはアンブローズの言葉に動揺する。

「アンブローズ、お前、その全身の傷は」

「そう、ぜーんぶお母さんの愛。お母さんの愛を受け取るには、あたしの身体《からだ》は脆《もろ》かった。だからね、あたしは願ったの。愛を受けるためにもっと硬い身体が欲しいってね。お母さんは椅子とか、包丁とか、たくさんの愛を投げつけてくれたから、あたしも同じように愛するために、この投擲能力も手に入れた。でもね、ハルちゃん」

アンブローズは悲しそうに首を横に振る。

「残念ながら、世界には、『暴力《アイ》』を理解していない人間が多いわ」

「アンブローズ！　お前、まさか」

「そうよ、ハルちゃん。あたしの目的はね、世界平和。全世界の人間がお母さんのようになったら、それってとっても愛に満《み》ち溢れていると思わない？　だからね、あたしの能力を強化して、『暴力《アイ》』

を分け与えてあげるの。暴力《ラブ》&暴力《ピース》！」

それがアンブローズの目的なのだ。かつて『可能性』の悪役《ヴィラン》がその悪望で世界を変えたように、アンブローズは『暴力』の悪望で世界を満たそうとしている。

「どうかしてるよ、お前」

「理解されないって悲しいわね、ハルちゃん。さて、あたしが何者であるかを語ったところで、そろそろ本気でいこうかしら」

万が一、アンブローズの『暴力』の悪望能力が世界全土を覆えば、世界は破滅するだろう。アンブローズが憎い。必ず、アンブローズを捕まえなくてはならない。

アンブローズを斬らんとハルは駆けようとして、足を止めた。アンブローズの周囲の本棚や机、椅子などが荒れ狂いながら浮き上がり、ハルに狙《ねら》いを定めている。

「チッ」

舌打ちする。本や椅子を『正義』の長剣によって斬り裂きながら応戦するが、数が多すぎる。捌ききれずに、本棚がハルに直撃した。

「ハルさん！」

ユウカの悲鳴が響く。流血しながらもハルは怯《ひる》まない。本棚を押しのけながら、再度アンブローズに接近を試みる。

ハルの中にあるのはアンブローズを絶対に倒さなくてはならないという強固な意志だ。アンブローズが憎い。絶対に許してはいけない。悪は、『正義』によって打倒されなければならない。

「動きが鈍いわね。もしかして地下闘技場でのダメージが残ってるのかしら?」

硬質化した家具を叩き斬って一直線にハルは進むが、ハルの動きを読んでいたアンブローズが、念動力《サイコキネシス》によって燭台《しよくだい》を飛ばし、またしてもハルの移動を阻む。

何かがおかしい。アンブローズが憎い。思考がまとまらない。ブラハードの発火能力《パイロキネシス》を容易《たやす》く避け続けたハルだが、何故かアンブローズの攻撃は直撃してしまう。

徐々に、徐々に、ハルは追い詰められていった。硬質化した物体を念動力によって投擲するアンブローズの戦法は単純だが強力無比だ。投擲された家具が直撃するたび、少しずつハルの体力が削られていく。

アンブローズが窓ガラスを割った。大量のガラス片が舞い、ハルに向かって一斉に飛んでいく。降り注ぐガラス片をハルは完全に防ぐことができず、鮮血が飛び散った。

膝《ひざ》をついたハルにトドメを刺そうと、アンブローズが右腕を振り上げた。やられる。それでもハルは最後まで果敢にアンブローズを睨《にら》みつけ、だからこそ、その瞬間を見た。

「よう、待たせたな。ハル」

エイスケが、アンブローズの前に立《た》ち塞《ふさ》がり、『不可侵』の障壁によってハルを護るその瞬間を。

「こいつは僕がやるって言っただろう、エイスケ」

咄嗟《とっさ》になぜか強がってしまったのをハルは後悔したが、エイスケはそれでこそハルだ、と笑った。

＊　＊　＊

アンブローズの拳を、『不可侵』の障壁が受け止めた。『不可侵』と『暴力』が拮抗《きっこう》する。

エイスケがアンブローズの攻撃を防いだのを警戒したのか、アンブローズが一度下がった。

「あら、今度はエイスケちゃんが相手してくれるのかしら？」

「まさか。あんたの相手はハル・フロストだよ」

「とてもじゃないけどハルちゃんはあたしには勝てそうにないわよ？」

「ハッ、くだらない小細工をしてよく言う」

エイスケの後ろでハルが立ち上がる気配。

「エイスケ、どいてくれ。アンブローズを許すことはできない。僕が倒す——ぷげっ」

エイスケはハルの頬を両手で叩《たた》いた。瞳《ひとみ》が赤く染まったハルの頬を。何か喋《しゃべ》っていたハルが妙な声を上げる。

「ハル、よく聞け。これは、アンブローズの悪望能力だ」

ハルはアンブローズの『暴力』の悪望能力によって他者への攻撃性を刺激されていた。アデリーやブラハードを凶暴化させたものと同じ悪望能力だろう。『正義』の悪役《ヴィラン》が『正義』のためではなく、憎しみによって戦えば弱くなるのは当然だ。

「分かったらとっとと正気に戻れ」

「……そうか。最初に殴られた時か」

ハルは何か納得したように呟《つぶや》いた。『正義』の悪役《ヴィラン》には効きが薄いのだろうか。エイスケの言葉を聞いて、ハルの瞳が元の色に戻っていく。

「ハル、俺たち悪役《ヴィラン》にとって一番重要なことが何か分かるか?」

「己の悪望を忘れないこと」

「アンブローズは何をしようとしている?」

「人々を傷つけようとしている」

「お前の悪望はなんだ?」

「『正義』。人々を護《まも》るための剣になること」

「そうだ。よし、いってこい」

エイスケは下がった。これはハルとアンブローズの戦いだ。協力しても良いが、ハルがアンブローズに一対一で敗北したままなのが何故か気に食わなかった。

ハル・フロストが、己にとっての『正義』を忘れなければ、敗北は断じて無い。

再び、ハルとアンブローズが対峙《たいじ》する。

「やってくれたな、アンブローズ」

「ハルちゃんのやる気を出すためだったんだけど、余計なお世話だったみたいね」

二人の悪役《ヴィラン》が睨み合う。

「悪役対策局《セイクリッド》第十二課一等特別捜査官、『正義』の悪役《ヴィラン》、ハル・フロスト」

「『世界開闢《かいびやく》の槌《つち》』第三部隊長、『暴力』の悪役《ヴィラン》、アンブローズ・ランス」

「罪のない人々を傷つける犯罪者め、僕の『正義』を見せてやろう」

「あたしの『暴力《アイ》』をあなたに分けてあげる」

ハルとアンブローズが互いに名乗りを上げた。己が何者であるかを誇り、知らしめんとする行為。

アンブローズの念動力が再び発動する。部屋の中のほぼ全ての家具が持ち上がり、ハルに殺到した。

一つ一つが硬質化した物体、常人ならば当たれば即死の雪崩《なだれ》を、ハルは斬り、叩き落《お》とし、避け、捌《さば》いていく。先ほどとは見違える動きにアンブローズが目を瞠《みは》った。

押し寄せる攻撃を防御しきったハルは、そのままアンブローズに一閃《いっせん》。アデリーやブラハードを一撃で昏倒《こんとう》させたハルの『正義』の長剣を受けてなお、アンブローズはまだ倒れない。

「素晴らしいわハルちゃん！　素晴らしい『暴力』よ！」

「『正義』だって言ってるだろう！」

ハルの剣とアンブローズの拳《こぶし》が交わる。『正義』の剣と『暴力』の拳が、自身こそが正しいと唸《うな》りを上げる。

ハルが戦っているうちに、エイスケは椅子に縛られていたユウカを解放すると、部屋の隅に退避させた。ユウカを護るようにエイスケは前に立つ。

「お嬢様、少しだけ待っていてくれよな。すぐにハルが終わらせる」

「……ローマンは、どうなりましたか？」

今、ローマンの死をユウカが知ったら、どうなるか分からない。エイスケは誤魔化《ごまか》そうとして、ユウカの真剣な瞳に気圧《けお》された。素直に事実を述べる。

「死んだよ」

「そうですか」

ユウカの無表情からは、何も窺《うかが》い知《し》れない。

「そうですか」

ユウカは再度頷《うなず》くと、ハルとアンブローズの戦いをじっと見つめる。

「エイスケさん、わたしは見届けようと思います。わたしが見出《みいだ》した、悪役対策局《セイクリッド》の戦いを」

「そうか。そうだな」

ハルの剣が当たるたびに、アンブローズが歓喜の声を上げる。凶暴な笑みを浮かべながら、その剛腕でハルを沈めんと殴りつける。『暴力』の悪役《ヴィラン》にとっては、これはただのコミュニケーションなのだろう。

「ハルちゃん、あなたが語る『正義』って浅いのよ。本当に人間の善性を信じているなら、どうして悪望能力が武器を具現化する能力になるの？」

殴り合いと話し合いの区別がついていないかのように、アンブローズは殴りながらハルに話しかける。

「結局あなたもあたしと同じ、『暴力』の信奉者ってわけ」

「……お前のような悪役《ヴィラン》から人々を護るために、僕は剣を取ったんだよ！」

そうだ、それがハル・フロストの本質だ。他者を傷つける『暴力』から人々を護るために生まれた『正義』の剣は、似ているようで根本の部分が異なる。

二度、三度とハルの剣がアンブローズを掠《かす》めるが、アンブローズは気にもとめない。間合いの差をねじ伏せて前進すると、ハルを思い切り殴り飛ばした。さらに追い打ち、はしない。アンブローズはその場で留まり、息を切らしている。

「ハアッ、ハアッ」

アンブローズの額から汗が流れる。ハルは確実にアンブローズを追い詰めていた。

ハルも汗をかいているが、アンブローズよりも疲弊していない。よく見ると流血も止まっていた。地下闘技場で多大なダメージを負ったはずだが、それをおくびにもださない。

単なるやせ我慢、という訳ではないだろう。高位の悪役《ヴィラン》は回復能力に優れるというが、ハル・フロストのそれは尋常ではない。

エイスケは、子供の頃《ころ》に見たヒーロー映画を思い出していた。正義の味方は、どんなに追い詰められても、何度でも立ち上がって戦うのだ。ハルもきっと、誰かを護るために、何度だって立ち上がる。あれはそういう男で、だからこそエイスケは認める気になったのだ。

「ハルちゃあああん！」

「アンブローズ！」

再び、正面からハルとアンブローズが打ち合う。

両者ともに、一切退く気はない。互いに胸に秘めた悪望がある。魂にこびりついた悪望は決して拭《ぬぐ》い去《さ》ることはできない。命を捨てることはできても、悪望を捨てることはできないのだ。

故に、退けない。退かないのではなく、退けない。

自身の『正義』が、『暴力』こそが正しいのだと、主張し続ける。

ハルも、アンブローズも、互いの攻撃が直撃しながらも、剣を振るうのを、拳を振るうのを、止めようとはしない。アンブローズの拳が刺さるたびにハルが血反吐を吐き、ハルの剣に斬られるたびにアンブローズが苦痛の呻《うめ》きを上げる。

ハルが、押しはじめた。ハルの渾身《こんしん》の袈裟《けさ》斬りをアンブローズがまともに喰《く》らい、後ろに倒れ込みそうになる。アンブローズはなんとか持ちこたえると、悪あがきをするかのように念動力でガラスの破片をハルに投げつけた。ハルはガラスを叩き落とすが、その隙にアンブローズは距離を取る。

「まさかこんなに追い詰められるとはね。敬意を示すわ。ハル・フロスト」

長期戦を不利と見たか、アンブローズが念動力によって部屋の隅に落ちていたケースを手元に引き寄せた。ケースを開け、強化ドラッグ『レミニセンス』を手に取る。

「第三ラウンドね、ハルちゃん」

人生を再体験させるドラッグ、レミニセンス。ハルとエイスケが止めに入るよりも早く、アンブローズは首元にレミニセンスを突き立てた。

＊　＊　＊

アンブローズは母の寵愛《ちょうあい》を受けて育った。

「愛しているわ、アンブローズ。あなたを愛しているから、お母さんはこういうことをするのよ？分かってもらえるわね？」

「分かっています。お母さん」

母にナイフで切り刻まれた左腕から血が流れ、ズキズキと痛む。それでもアンブローズは幸せだった。だって、お母さんに愛してもらっている。親が子供を虐待しているニュースは世の中に溢《あふ》れている。そんな家庭に比べれば、アンブローズは自分が幸せだと思う。

普段から母はアンブローズに傷を刻みたがったが、酒が入った日は特にひどかった。

「うう、あなた。どうして出ていってしまったのぉぉぉぉ」

そんな日の夜は、亀のように丸まってじっと耐えるしかない。机や椅子、食器、包丁。様々なものがアンブローズに投げつけられ、身体《からだ》に傷が増えていく。アンブローズはこの時間が嫌いではなかった。痛みによって母の『暴力《アイ》』が強く感じられたし、なにより、翌朝は優しくしてもらえる。

「ああ、痛いでしょう。ごめんねえ、ごめんねえ、アンブローズ。でも、これも、お母さんがあなたを愛しているからやっていることなのよ？」

「大丈夫です、お母さん」

もしかしたら、父が出ていったことで母は寂しいのかもしれない。アンブローズは、その寂しさを紛らわせるための、父の代役なのかもしれない。

それでもアンブローズは構わなかった。誰かの代わりかもしれなくても、母の力になれることが誇らしかった。

ずっと、こんな生活が続けば良いと思う。母から『暴力《アイ》』を与えられ続ける永劫《えいごう》の世界。母と、自分だけの世界。

レミニセンスがアンブローズの記憶を加速していく。そして、決定的なその日に辿《たど》り着《つ》いた。

「お母さんね、再婚することにしたの」

母の隣で、知らない男が笑っていた。母も、見たことのない顔で笑っていた。

どうして。

アンブローズは母がいるだけで充分で、母もアンブローズがいるだけで充分では無かったのか。見捨てられる、そう思った。そうだ、自分は今まで母から『暴力《アイ》』を与えられるだけで、与えることをしてこなかった。だから愛想を尽かされたのだ。ごめんなさい、ごめんなさい、お母さん、見捨てないで。

——『暴力《アイ》』を、与えなくてはならない。

母の隣で笑っていた男が、破裂した。悪役《ヴィラン》として覚醒《かくせい》したアンブローズが、男の頭をトマトのように握りつぶしたのだ。それが、アンブローズが初めて人に与えた『暴力《アイ》』だ。

「お母さん、ぼく、ちゃんと与えることもできます」

母に褒めて欲しかった。もっと母に見て欲しかった。自分を傷つけて欲しかった。なのに、母は泣き叫ぶだけで、アンブローズを見てくれない。

「お母さん、ぼくをちゃんと見て」

アンブローズの願いに、悪望能力が応《こた》える。母の瞳が赤く染まった。母は悲鳴を上げながらも、憎しみを込めた瞳でアンブローズの首を絞めはじめた。痛みをいつまでも味わえるようにアンブローズの悪望能力は肉体を硬質化させる。首を絞めている側の母の指が砕ける音がした。

母の指から流れる血の温かさに、アンブローズは安堵《あんど》する。

「お母さん、今までごめんなさい。ぼくもあなたを愛してあげるから」

愛おしいものを優しく抱きしめるような慈悲を持って、アンブローズはその拳で母に『暴力《アイ》』を与えた。壁に強く打ち付けられた母は、嫌な音を立ててひしゃげ、全身という全身から血を流し、ピクリとも動かなくなる。

「え?」

どうして。少し愛しただけなのに。

どうして。どうして。どうして。

混乱の中、アンブローズは一つの結論に達した。この人は、本当のお母さんでは無いのだ。だって、お母さんなら、あたしに『暴力《アイ》』を与えてくれて、あたしの『暴力《アイ》』を受け止めてくれるはずだ。

だから、探さなくちゃ。本物のお母さんを。きっと見つかるはずだ。お母さんが見つかるように、世界全《すべ》てを『暴力《アイ》』で満たそうじゃないか。

そして、アンブローズは見つけた。黒く鋭い剣で、アンブローズに『暴力《アイ》』を与える少年を。いくら殴っても壊れない、本当のお母さんを。

この子が、あたしのお母さんなのだ。

＊　＊　＊

レミニセンスを投薬したアンブローズが叫んだ。

「ハルちゃあああああん！　あなたがあたしのお母さんだったのねえええええ！」

エイスケはちらりとハルを見てから、気まずくなって目を逸《そ》らした。

「その、個性的なお子さんですね」

「身に覚えがないんだが⁉」

ハルが冷や汗をかいて否定する。

『暴力』の悪役《ヴィラン》は、果たして、どんな人生を送ってきたのだろうか。エイスケとハルには、もうアンブローズの生涯を理解する機会は訪れない。悪役《ヴィラン》の道が交わることは決してあり得ず、ただどちらかの道が絶えるまで戦うのみだ。

「ああ、ごめんなさい。ごめんなさい、お母さん。見捨てないで」

アンブローズが涙を流した。部屋中の家具が念動力によってアンブローズの元に集まり、ひしゃげ、その身にまとわりついていく。やがてそれは鎧《よろい》の形となった。アンブローズが二回りほど大きくなったように見える。

「おいハル。二対一が卑怯《ひきょう》とは言わねえよな」

「分かってるよ。こうなったらどんな手を使ってもアンブローズを止めるぞ、エイスケ」

レミニセンスを使用した悪役《ヴィラン》の強さはエイスケもハルも理解している。早急に無力化しなくてはならない。

鎧を纏《まと》ったアンブローズに向かってエイスケは駆けようとして、一歩踏み出し、真横で風を切る音を聞いた。いつの間にかアンブローズは接近し、エイスケの隣にいるハルを殴りつけようとしていた。速い。直撃する。間に合わない。『不可侵』の障壁を張る。七枚。その全てがアンブローズの拳《こぶし》によって一撃で砕かれ、しかし、ほんの数瞬の時間稼ぎが、ハルの防御を間に合わせた。ハルがかろうじて剣による防御体勢を取った瞬間、

――――ドン！

轟音《ごうおん》と共に、ハルが吹き飛び、ハルを受け止めた窓が壊れ、四階の外にまで飛び出した。それだけでは終わらない。アンブローズも空中に躍り出ると、両拳を組んでハンマーのようにハルに振り下ろし、そのまま中庭に叩《たた》き落《お》とす。屋敷が揺れ動くほどの衝撃。

「ハル！」

「無事だよ！」

すぐさま立ち上がったハルを確認してエイスケは安堵する。

「ユウカ、すぐに避難してくれ。俺はハルを援護する」

「分かりました」

短くユウカと意思疎通し、ユウカはすぐに走って部屋から出ていく。

エイスケはあるモノを回収したあと、すぐさま中庭に飛び降りた。

ハルがアンブローズの攻撃を受けながら、徐々に後退しているのが見えた。押されている。

「お母さあああああん！　『暴力《アイ》』を与えてあげるわあああああ！」

先ほどまでのアンブローズの強さが技術によって支えられた武だとするならば、今のアンブローズは獣のそれだ。むちゃくちゃな姿勢から繰り出される攻撃には無駄が多いが、あり得ぬ速度と腕力によってハルを圧倒している。

「おい、ハルお母さん、後ろに跳べ」

「誰《だれ》がお母さんだ！」

ハルが悪態をつきながらも後ろに跳ぶ。アンブローズはハルを追いかけようと踏み込んだところで、転びかけた。足元には透明な立方体の障壁。タイミングを見計らって地面に置けば、『不可侵』の悪望能力は転倒を誘発する罠《わな》としても機能する。

「喰《く》らいな」

エイスケは両拳を組むと、ハンマーのようにアンブローズに叩きつけた。先ほどの相棒がやられた攻撃の意趣返しだ。体勢を崩したままのアンブローズに、悪役《ヴィラン》の腕力による一撃が直撃する。

衝撃でアンブローズの足元の地面が砕ける。しかし、アンブローズは無傷だ。エイスケを睨《にら》みつけるアンブローズと目が合う。

「マジかよ」

「邪魔しないでええええええええ！」

アンブローズの拳が炸裂《さくれつ》した。咄嗟《とっさ》に障壁と左腕でガードするが、容易《たやす》く破られ、腕が砕けた。中庭の木々を巻き込みながら、数十メートルの距離を吹き飛ばされる。

「エイスケ！」

ハルが慌ててエイスケを追ってくる。アンブローズから注意を逸らしたハルを見てエイスケは忠告をしようとする。馬鹿、後ろを見ろ。声の代わりに出たのは、大量の血反吐だった。アンブローズの悪望能力によって硬質化した枝の一つが、腹に刺さっているのを目視する。

それでもエイスケは追撃に備えて枝を抜き去りながら立ち上がり、アンブローズの様子がおかしいことに気付いた。

アンブローズが、追ってこない。

「どうしてえ。どうしてお母さん、その男を見るのぉ」

アンブローズは泣いていた。予測できない行動にエイスケは戸惑うが、次の一手を考えながら数秒、回復に努める。透明な障壁を傷口に押し当て、固定することによって止血に成功。

その間に、おんおん泣いていたアンブローズは突然、スッと涙を止めて無表情になると、ポツリと呟《つぶや》いた。

「そうか。『暴力《アイ》』が足りないのね。もっと凄《すご》いものを与えれば、あたしを見てもらえるわよね？」

アンブローズが片手の手のひらを空にあげて、集中した。悪望能力が発動する。再度の念動力《サイコキネシス》。

しかし、今度のは規模が桁違《けたちが》いだ。

「クソがっ」

「あり得ない」

ハルとエイスケの驚愕《きようがく》の声が重なった。

──屋敷が、浮いていた。

桜小路家の巨大な別荘が、アンブローズの念動力によって宙に浮いている。

アンブローズによってさらに屋敷は硬質化まで施されると、どんどん上空に上がっていく。間違いない。あれをハルに向けて落とすつもりなのだ。受けるのは当然不可能、全力で避けたとしても、この付近一帯が吹き飛びかねない。そもそもユウカは脱出できているのか？　まだあの屋敷の中にいるんじゃないのか？

エイスケが焦りながら対処を考えていると、コウモリの翼を生やした男が、上空からエイスケとハルの近くに降りてきた。アレックス・ショーだ。

「ユウカさんはこちらで避難させたであります。今はディルク先輩とアレクサンドラ先輩が護衛しています」

「よくやったぞ、アレックス！」

大きな心配事が無くなってエイスケは安堵する。あとはぐんぐんと上昇し続けている屋敷と、アンブローズに対処すれば良いという訳だ。

「ハル、模擬戦のことは覚えているな？」

「少し背中を預ける程度には信じてるさ。じゃあ、僕はアンブローズのほうだな」

「俺は屋敷のほうだ。アレックスを借りるぞ」

「何をするつもりでありますか？」

アレックスの問いに、エイスケとハルは不敵に笑った。なにしろ相棒は『正義』の悪役《ヴィラン》、ハル・フロストだ。こういう場合の対処方法は一つしか無い。

「決まってるだろ。『正義』は」

エイスケはハルと拳と拳を突き合わせた。

「正面から打ち倒す」「正面から受け止める」

ハルはこのままではアンブローズには勝てないだろう。エイスケが屋敷から頂戴《ちょうだい》したあるモノを差し出すと、ハルは嫌そうな顔をしながらも受け取った。

ハルがアンブローズのほうに駆けるのを見送る。ハルの背中に躊躇《ためら》いはない。エイスケに背中を預けたというのは本当のことで、もう屋敷のことはハルの頭から消えているはずだ。だから、エイスケもアンブローズのことは考えないことにした。エイスケはアレックスに指示を出すと、その背中にしがみつく。

「アレックス、俺を背負って屋敷になるべく近づいてくれ。『不可侵』を使って空で受け止める」

「なるほど。自分は夜の間は頑丈でありますので、失敗してもエイスケさんだけ死ぬ作戦でありますね。どちらに転んでも得な作戦であります」

「あんた俺になにか恨みでもあるの？」

もちろんアレックスも本気ではない。エイスケを背中に乗せた状態でコウモリの翼を羽ばたかせると、ぐいぐい上空に浮かぶ屋敷に近づいていく。なるべく落下の勢いがついていない状態で受け止めたい。しかしエイスケの願いも虚しく、高高度まで上がった屋敷は、隕石《いんせき》のように凄《すさ》まじい速度で落下を始めた。屋敷は念動力によって丸め込まれて、巨大な星のような球体になっている。硬質化された屋敷落としによる巨大質量弾攻撃。地上に落ちれば、アンブローズとてただでは済まないだろうに、全く手加減がない。

「お母さあああん！　『暴力《アイ》』を受け取ってえええ！」

アンブローズの叫びと共に、流星《メテオ》が、墜《お》ちてくる。

屋敷の落下をこのまま許せば、地上は壊滅するだろう。

エイスケは『不可侵』の悪役《ヴィラン》アルミロ・カサヴォーラのことを思い浮かべていた。アルミロは優しい男だった。誰かを護《まも》るために悪望能力を使う、そんな男だった。だからこそ、この状況において、『不可侵』の悪望は最強の悪望能力となる。友人とのごく普通でささやかな日常を護るために願った悪望能力が、アルミロという男の信念が、極大の質量を受け止める盾となり得るのだ。

燃え盛りながら墜ちてくる地獄に、エイスケはそっと片手を伸ばす。

一度だけ、アルミロがこの技を使うところを見たことがある。あらゆるものの侵入を許さない絶対防壁の悪望能力。『継承』による偽物の悪望能力では完全な再現は難しいが、それでも迫ることはできる。アルミロはこの技に祖国の英雄の名を付けていたが、エイスケにとっての英雄《ヒーロー》はアルミロ・カサヴォーラその人だ。だから、こう呼ぶ。

「絶対不可侵の防壁《アルミロ》」

幾千、幾万の障壁が、夜空に展開されていく。隙間《すきま》なく空間に詰め込まれた障壁が、一つの巨大な障壁となって、巨大質量を受け止めた。ケイオスポリス全体を揺るがすほどの衝撃波が巻き起こり、落下によって火球のように熱エネルギーを帯びた流星が夜空を明るく染め上げる。

ジリジリと押されているのが分かった。衝撃で数百の障壁が破られるたびに、数千の障壁を張りなおして対抗する。

腹から血が流れ出て、身体《からだ》から力が失われていくのが分かる。巨大質量が目と鼻の先に迫っている。障壁が破られたなら、エイスケはそのまま灼熱《しやくねつ》の流星に呑《の》み込まれて消失するだろう。

それでもエイスケには不安はなかった。『不可侵』の悪望能力は最強だ。そうだろう？　アルミロ。

その確信が、悪望能力を強くする。ついに、屋敷の落下が完全に止まった。完全に防がれた流星は、自らの熱に耐えきれず、焼け落ち、崩壊していく。

やってやったぞ。気を失いそうになりながら、エイスケは自慢するように得意気にハルのほうを見た。そこでもまた、一つの決着がつこうとしていた。

＊　＊　＊

ハルは完全にアンブローズのみに意識を集中していた。不安はない。エイスケがやると言った以上、屋敷はエイスケが止めるだろう。ハルの役割は、アンブローズを倒すことのみだ。

アンブローズに向かって駆け、上段から全力で剣を振り下ろす。

「お母さん！　やっとあたしを見てくれたのね！」

アンブローズは喜びに満ちた表情を浮かべ、拳で迎え撃った。ハルの剣とアンブローズの拳が再び激突する。ハルの剣は完全に打ち負け、剣が手元から弾き飛ばされた。アンブローズが纏《まと》った鎧《よろい》は、周囲の物体を念動力によって極限まで圧縮して強度を得たものだ。つまるところ悪望能力に依存しないただ硬いだけの鎧であり、ハルの『正義』の悪望能力とは相性が悪い。

ハルは初手の一合で理解した。このままでは勝てない。

「これは使いたくなかったが……」

先ほどエイスケに手渡された注射器をハルは取り出した。レミニセンス。悪望能力を強化する劇薬。使いたくはない。しかし、ここでアンブローズを止めなければ、きっと多くの人が傷つくだろう。

覚悟を決めて、ハルは首元にレミニセンスを打ち込んだ。一瞬、意識が飛ぶ。レミニセンスが、ハルの十五年の生涯を無理やりに追想させる。家族を亡くした時のこと、悪役《ヴィラン》に迫害されていた時のこと、兄貴分のガラと袂《たもと》を分かった時のこと。記憶の中のガラが、ハルを責め立てる。

「ハル、お前たち悪役《ヴィラン》はクズだ。ただ単に超常の力を操るだけの人間だったら、異能力者だとか、超能力者だとか、そういう呼称になっていたかもしれない。だがお前らは悪役《ヴィラン》と呼ばれている。何《な》故《ぜ》だか分かるか？」

分かっているよ、ガラ。

「悪役《ヴィラン》の能力は、例外なく暴力の形で顕現するからだ。悪役《ヴィラン》の願いは、例外なく他者を蹂躙《じゅうりん》する悪望だからだ」

ハルは胸の内で応《こた》える。知っているさ。知っているともガラ。僕たちはどうしようもなく悪役《ヴィラン》で、自分の願いのためには人を傷つけることを厭《いと》わない人間だ。でも、それでも僕は、悪を蹂躙する道を選んだんだよ。人を護るために、悪を打ち倒す剣を取ったんだ。

それがハルの決意だった。自分が悪に堕ちてでも、悪を打ち倒し、人々が笑顔で過ごせる世界を作る。

「よくも僕に、あの日を思い出させてくれたな」

レミニセンスが再現する一瞬の人生から意識を取り戻す。

アンブローズと同様に、ハルもまた、大きく姿を変えていた。十五歳の少年の姿から、十年は経《た》ったのではないかと思うほどに大人の姿へと。

黒剣だけではなく、『正義』の悪望能力によって防具を身にまとっている。おそらくこれが、ハルが無意識に思い浮かべた『正義』の姿。人々を護るための騎士の姿こそが、ハルにとっての『正義』なのだ。

「アンブローズ。決着をつけるぞ」

「お母さん！　あたしを見てえええええ！」

最後まで二人の会話は噛《か》み合わなかった。ハルはアンブローズのことが理解できないし、アンブローズはハルのことを理解していないだろう。悪役《ヴィラン》と悪役《ヴィラン》の道は平行線で、決して交わらない。

怒りとも、悲しみとも取れる表情で、ハルはアンブローズに向き合った。ハルとアンブローズが、正面から激突する。

仮に高位の悪役《ヴィラン》がこの戦いを目撃していたとしても、その攻防を正確に見極めるのは不可能だろう。剣と拳《こぶし》が目にも留まらぬ速度で入り乱れ、断続的に何かがぶつかり合う音がする。

ここにきて、両者の実力は完全に拮抗《きっこう》した。ハルの剣がアンブローズの鎧を斬り、アンブローズが鎧を纏《まと》いなおす。アンブローズの拳がハルを傷つけるが、ハルは意に介さずに反撃する。更に速度を上げながら続く攻防。永遠にも思える数十秒の攻防、数百の剣と拳が互いの悪望を語り合う。レミニセンスを投薬した悪役《ヴィラン》同士の戦いは、誰《だれ》にも手が出せぬ領域に達した。

ハルの斬撃が当たるたびにアンブローズの鎧を剥《は》がすが、アンブローズの剛拳によって時間を稼がれ、鎧が再生してしまう。アンブローズに、剣が届かない。決め手が無いが、ハルは焦らない。一歩間違えれば死を迎える高速戦闘の中、ハルは静かにその時を待ち続ける。

そして、天運は、ハルに味方した。否、ハルだけはそれを確信していた。背中を預ける以上、あの男は何かするだろうと思っていたのだ。

ハルの後ろで、急に、夜空が明るく染まった。『不可侵』の防壁と屋敷の巨大質量弾の激突。衝撃波が巻き起こる中、逆光によってアンブローズの視界のみが悪くなり、一瞬の隙ができる。アンブローズの両拳がハルによって斬り払われ、アンブローズの両手が力を失い、垂れ下がった。

そして、決着の時はあっけなく訪れた。

「あ」

アンブローズが呆気《あっけ》にとられたような声を出した。ハルが高く上げた剣を、静かに見つめる。

「これがあなたの『暴力《アイ》』なのね。ハルちゃん」

アンブローズが笑い、直後、ハルの剣が振り下ろされた。

エピローグ

「ユウカ・サクラコウジ救出の最大の貢献者として、エイスケ・オガタ特別捜査官の階級を二等特別捜査官に昇格します」

パチパチとまばらな拍手が起こった。

第十二課《テミス》のオフィス。ローマンとシンリの戦闘によって半壊していたはずのビルは、エイスケが療養していた間に既に修繕されていた。ウーロポーロにでも頼んだのだろうか？

今つけている階級章よりも少し豪華なものがユウカから手渡される。

「エイスケさん、本当にありがとうございました。お身体の方はもう大丈夫なんですか？」

「ああ、あれから一週間も経ってるしな。大体治った。思ったよりも軽傷だったみたいだ」

「お腹《なか》に穴が空《あ》いてましたよね……？」

戸惑うユウカを余所《よそ》に、エイスケの言葉にハルとアレックスが同意を示した。

「あー、分かる。寝てると大体治るよな」

「腕が取れかけても我慢してると治ったりするでありますね」

悪役《ヴィラン》あるあるトークに、ユウカが納得いかなそうな顔をする。ちなみに腹に穴が空《あ》いたエイスケよりも高濃度レミニセンスを使ったハルのほうが重症だったのだが、今は元気そうだ。『正義』の悪役《ヴィラン》の回復能力には驚かされる。……もちろん身長も元通りになったので、その点は本人は残念そうだった。

それにしても、とエイスケは貰《もら》った階級章を眺める。

「なんか悪いね。ハルのほうが頑張ってたのに」

「気にするなよエイスケ。僕はもう一等特別捜査官で、これ以上の昇格は筆記試験が必要だからな」

「げ。筆記試験か。俺は無理そうだな」

エイスケはほとんど学校に通わずに裏社会の雇われ仕事についた口だ。文字だけはアルミロに教わったので分かるが、難しい文章はそもそも読めそうにない。

「オーホッホッホ！　流石《さすが》わたくしの同期ですわね！」

ユウカの後ろに控えていたメイド服のアデリー・ソールズベリーが高笑いをした。なぜかメイド服の上に白衣を纏《まと》っている。監獄島に送られる前にユウカに拾われたアデリーは、桜小路家の護衛メイドとして華麗に転身していた。同時に悪役対策局《セイクリッド》への入局もしているので、エイスケにとっては初の後輩ということになる。

ハルはアデリーの入局に嫌そうな顔をしていたが、アンブローズの拠点を見つけるのにアデリーの自律機械が大活躍したのは事実だ。アンブローズの能力に操られていた事情もあって、ハルは渋々アデリーのことを認めた。ちなみにアデリーは逮捕時に軽犯罪の余罪がたんまり見つかり（街中で自律機械に乗って爆走していたとか）、アンブローズの件とは関係なく監獄島に送られそうになっていたのだが、この件はハルには黙っておくことにしている。

うるさく笑い続けるアデリーを隣に立っているアレクサンドラ・グンダレンコが咎《とが》めた。

「アデリー、ユウカ様の護衛としてはしたない真似《まね》はよしなさい」

「サーシャ、そんなにアデリーに厳しくしなくて良いのよ。アデリーとは、またあとでじっくり話せば良いのだから」

「ひぃぃ。申し訳ございません……」

アデリーがシュンと大人しくなる。どうやら桜小路家の教育は厳しいらしく、アデリーはユウカとアレクサンドラには頭が上がらない様子だ。

「堂に入った後輩いびりだな。慣れているとみた」

「そうなんですのよ！　エイスケ、同期として助けて下さいまし！」

味方を得たと思ったアデリーが、ユウカとアレクサンドラの視線から逃れるようにエイスケの背中に隠れる。

「グッ、急に背中の古傷が痛んできたぜ。これは……裏切ってきた『自動人形』の悪役《ヴィラン》に傷つけられた痛み……？」

「その件は何度も謝ったじゃないですの！　あなたも後輩いびりが堂に入ってますわよ！」

「エイスケ、パワハラはやめろ。ハルの悪い影響を受けてきたな」

「俺が悪かった。頼むからハルと一緒にするのはやめてくれよ……」

シンリに注意されてエイスケは顔をしかめる。自分では普通の常識人のつもりなので、ハルと一緒にされるのは不本意にもほどがあった。

「僕の相棒としての自覚が出てきたようだな。エイスケ」

「なんでちょっと得意気なんだよ。怒られてるんだぞ今」

「そういえば、アンブローズの件は解決したので、そろそろハル先輩とエイスケさんのバディは解消でありますかね？」

ハルとどうしてもバディを組みたいのであろう。アレックスの期待を込めた質問に、シンリはすげなく答えた。

「レミニセンスの問題が解決した訳ではないからな。エイスケとハルにはこのままバディを続投してもらう」

アレックスがジッとエイスケを凝視してくる。赤い瞳《ひとみ》には感情が見えない。何を考えているのか分からず、エイスケは冷や汗をかく。やがてアレックスはポツリと呟《つぶや》いた。

「やはり燃え盛る屋敷に投げ込んでおくべきでありましたか……」

「おいシンリ！　ちょっと別のヤツともバディを組んでみたくなってきちゃったな！　ハルが嫌って訳じゃないんだけど、やっぱり最初のうちは色んな先輩と組んで仕事を覚えるのが良いんじゃねえかな！」

このままアレックスに恨まれ続けたらたまらない。アレックスのガス抜きが必要だろう。そうエイスケが提案すると、シンリに引っ張られて耳元で囁《ささや》かれる。

「ハルが暴れるたびにこちらで後始末をしていたのだが、エイスケがハルと組んでからは書く書類がかなり減ったんだ。ハルを制御できるのは君しかいない。私のためにも頼む」

「それシンリが負っていた苦労が俺に来ているだけじゃねえか」

「毎日胃薬を飲んでいて限界だったんだ。頼む」

「……」

「頼む」

「分かったよ！」

ここまで頼まれて見捨てられるほど、エイスケは非情ではない。どうやらまだハルとのバディは続きそうだ。

エイスケは制服につけていた階級章を新しいものに交換すると、古いほうをユウカに返却した。

「……ローマンは何か言い遺《のこ》しましたか？」

「あんたはやっぱり優秀な桜小路の跡取りだったとさ」

「ふふ、嘘つきですね」

気まずくなってエイスケはユウカから目をそらした。結局のところ、ローマンが裏切った理由は分かっていない。語る者はもういないし、語られたところで理解はできなかっただろう。悪役《ヴィラン》とはそういうものだ。だからこれはもうユウカが折り合いをつけないといけない問題で、その助けになろうと嘘《うそ》をついたのだが、たやすく見破られてしまった。

エイスケは昇格し、アンブローズは逮捕されたが、犠牲は大きかった。それに、解決していない問題もある。

「それで、アンブローズが名乗っていた『世界開闢《かいびゃく》の槌《つち》』なんだが……」

シンリが険しい顔をする。

「同名の宗教団体が存在しているので現在調査中だ。レミニセンスについてもアンブローズはその組織から入手していたと思われるが、アンブローズは黙秘している」

「あんなやべえモノがまだケイオスポリスで流通している可能性があるのか」

「本格的に悪役《ヴィラン》犯罪で使われるようになれば、他の課との連携も必要になってくるかもしれん。今から頭が痛い」

第十二課《テミス》だけでもまとまっているとは言いがたいのに、他の課との連携とはな。エイスケはシンリに同情する。

「それなのですが、エイスケさん。現場に残ったレミニセンスは、ハルさんが打った一本だけだったのですね？」

「ああ。残りは屋敷ごと燃えちまったようだな」

ユウカにじっと見つめられるが、エイスケは目を逸《そ》らさない。数秒見つめ合ってから、先に目を逸らしたのはユウカのほうだった。

「まあ良いでしょう。これからが大変ですよ。アンブローズのように凶悪な悪役《ヴィラン》が出現する案件となれば、第一課《イアペトス》も出張ってきます。第十二課《テミス》と他の課との関係は良好とは言いがたいですが、そうした課題を乗り越えて捜査を進めなくてはなりません」

「心配ないさ。僕とエイスケがいればな」

「まあな」

「エイスケさん、ハル先輩にひいきされて調子に乗っているでありますね？」

「いま俺が悪いところあった？」

第十二課《テミス》の中だけでも上手《うま》くやっていける気がしない。エイスケは今後の苦労を想像してため息をついた。そんなエイスケを励ますように、ディルクが提案した。

「エイスケさんの昇格を祝って、写真を撮りませんか？」

「それはいいな。記念は大事なことだ」

「エイスケ！　隣に来いよ！」

シンリが頷《うなず》き、ハルも乗り気だ。中央にエイスケとハルが並ぶ配置で立つ。エイスケにとって意外なことに、誰《だれ》も拒否しなかった。悪役《ヴィラン》はこういった集団行動を取ろうとするとすぐにバラバラになるイメージがあったが、エイスケの思い込みなのかもしれない。あるいは、それが悪役対策局《セイクリッド》の強みなのか。

隣のハルが笑みを浮かべながら声をかけてくる。

「エイスケ。僕は悪役《ヴィラン》を信用しない。でも、君にだったら背中を預けるぐらいは許してやるよ」

「ああ、まあ、そうだな。俺もまあ、お前のことは……その、嫌いじゃない」

エイスケとハルが肩を組むと、パシャリと写真が撮られた。

＊　＊　＊

「やはりエイスケ・オガタの悪望能力は『不可侵』ではありませんでしたか」

ユウカは満足げに微笑《ほほえ》んだ。

第十二課《テミス》のオフィス内に存在するユウカの執務室。今は執事もおらず、ユウカと、報告を済ませた『分析』の悪役《ヴィラン》ディルク・ヘルブランディだけが語らっている。

「良いのですか？　このまま放っておいても？」

エイスケとローマンの戦いの一部始終を報告したディルクは、澄ました表情でユウカに問う。質問しておきながら、答えは聞くまでもないと言いたげな顔だ。

「ええ。問題ありません」

もとよりそのためにエイスケ・オガタを悪役対策局《セイクリッド》に引き込んだのだ。

「アンブローズ・ランスは惜しいところまで頑張ってくれました。しかし、ハル・フロストの真価を引き出すにはまだ足りない」

不殺の誓いを掲げた第十二課《テミス》は、『正義』の悪役《ヴィラン》ハル・フロストを強化する、ただそれだけの目的のためにユウカが作り上げた組織だ。所詮《しょせん》、アンブローズはハルの当て馬にすぎない。

ハルの悪望能力はまだ未熟だが、鍛え上げればユウカの目的を達成するだけのポテンシャルを秘めている。

「ハル・フロストに実戦経験を積ませ、『正義』の悪望能力を強化する。そして――」

ユウカは夢見る少女のように呟いた。

「『塗りかえる根源の短剣』によって『正義』の悪望を、第三世界に到達させる。わたしが、悪役《ヴィラン》を滅ぼす」

悪役《ヴィラン》を打ち倒す『正義』の悪望能力が世界全土を覆うほどに強力になれば、そこに待っているのは悪役《ヴィラン》の根絶だ。

ハルはまだ『塗りかえる根源の短剣』を使う段階には達していない。『正義』をもっと強く願ってもらう必要がある。だから、ハルの『正義』を脅かす悪役《ヴィラン》が必要だ。正義は、悪がいなくては輝かないのだから。

「そのために、『正義』に敵が必要なのです。『正義』の悪役《ヴィラン》に見合うだけの格を持つ敵が」

幸いにして、充分な駒《こま》は揃《そろ》いつつある。

「それは例えば、世界全《すべ》てを愛で埋め尽くさんとする『暴力』の悪役《ヴィラン》。それは例えば、この世の悪全てを憎む『鏖悪《おうあく》』の悪役《ヴィラン》。それは例えば――」

ユウカはエイスケの写真を見つめる。

「数多《あまた》の悪望を引き継いで歩み続ける魔王、『継承』の悪役《ヴィラン》」

＊＊＊

「ぶえーっくしっ」

自宅のアパートメントに帰ってきたところで、エイスケは派手にくしゃみをした。ハルあたりがまた噂《うわさ》しているのだろうか。

悪役対策局《セイクリッド》の制服につけた二等特別捜査官の階級章を眺めたあと、ごそごそと内ポケットを漁《あさ》り、それよりも少しだけ豪華な意匠の階級章を取り出した。

一等特別捜査官の階級章。『不可侵』の悪役《ヴィラン》、アルミロ・カサヴォーラが最期に握りしめていたものだ。

現在、エイスケがアルミロを殺した犯人について得ている手がかりは、本当は二つあった。

一つ目は、ユウカにも明かした通り、アルミロが生前に悪役《ヴィラン》殺しの犯罪組織ネメシスと接触していたこと。

そして、二つ目。こちらはユウカには伝えていない情報だ。アルミロの死体が、悪役対策局《セイクリッド》の階級章を持っていたこと。

エイスケは、この階級章の持ち主が犯人だと睨《にら》んでいた。アルミロが最期の力を振り絞って残した手がかりが、無意味だとは到底思えない。悪役対策局《セイクリッド》が敵に回る可能性を考慮して、『継承』の悪望能力の詳細はなるべく伏せておいたほうが良いだろう。

『継承』の悪望能力は、エイスケと親しい悪役《ヴィラン》の死に際に立ち会った時に発動する、悪望能力を受け継ぐ悪望能力だ。いずれ悪役対策局《セイクリッド》とやり合う時に備えて、エイスケは『継承』で受け継いだ悪望能力のうち、『不可侵』の悪望能力しか悪役対策局《セイクリッド》には明かしていない。

エイスケが好んで『不可侵』の悪望能力を使う理由はそれだけではない。アルミロの『不可侵』の悪望能力をこれだけ派手に使っていれば、『不可侵』の悪役《ヴィラン》が健在であることを知った犯人のほうから接触してくる可能性もあり得ると考えている。

アルミロにかけた最期の言葉を、忘れないように復唱する。

「大丈夫。大丈夫だよ、アルミロ。あんたの遺志は俺が『継承』する」

エイスケの言葉を聞いたアルミロは確かに笑ったのだった。喋《しゃべ》る力すら失って涙を流して死にゆく男は、エイスケの言葉を聞いて、笑って逝けたのだ。その時、エイスケにとっての特別な『これ』が見つかった気がした。

「アルミロ、あんたは優しい悪役《ヴィラン》だった」

たとえこの先、全てを敵に回しても、『これ』があったんだから別にいいじゃねえかと思えるような特別。それが、エイスケにとっては親友の遺志を継ぐこと。

「あんたは人を傷つけるのを嫌い、傷つけられている人を助けるために動く、そんな男だった」

エイスケは壁に貼られていたローマンの写真に大きくバツをつけた。一等特別捜査官であることから候補にしていたが、アルミロを殺した犯人ではなかった。『不可侵』の悪望能力は最強だった。あの程度の悪役《ヴィラン》では、『不可侵』は殺せない。

「そんなヤツが、死ぬ時に〝許せない〟と泣いたんだ。だから、俺も、許さない」

ハルはきっと、エイスケがこれからすることを許さないだろう。それでも、これがエイスケにとって決して譲ることのできない悪望なのだ。

エイスケはその誓いを、静かに宣言した。

「犯人は俺が必ず殺す」

ハルの笑顔が頭をよぎる。なぜだかひどく胸が痛んだ。

Villain's Crown

-The Ability That All Evils Bow Down-

あとがき

初めまして、台東クロウです。

『ヴィランズの王冠 ―あらゆる悪がひれ伏す異能―』を手に取っていただき、ありがとうございます。この度『「戦うイケメン」中編コンテスト』の優秀賞を賜りまして、本作を刊行させていただくことになりました。

この作品の原型であるWEB版は二万字の中編のため、書籍化するにあたって十万字以上の加筆・改稿をしています。初めての書籍化のため文字数の見当がつかず、書く前は「八万字ぐらい書いたら一冊になるかな?」と思っていたら、十三万字ぐらい書くことになってたまげました。

WEB版からたっぷりと変更が加わった本作ですが、一番の変更はなんといってもエイスケ・オガタの存在でしょう。WEB版の視点人物はハル・フロストで、なんとエイスケの姿は影も形もありません。

ハルのライバルでありながら相棒でもあるエイスケが書籍版で加わったことにより、作品がぐっと良くなったと思います。何よりもエイスケはツッコミ役がこなせるため、どんな変人の悪役《ヴィラン》が出てきてもエイスケならツッコんでくれるという安心感があります。曲者揃《ぞろ》いの悪役《ヴィラン》たちに振り回されるエイスケの活躍を楽しんで頂けたら幸いです。

担当編集者のOさんとの幾度もの打ち合わせを経て書籍版はとてもパワーアップしているので、WEB版を読んで購入を悩んでいる貴方にもオススメです。

あとがきを書く前は「これぐらい書いたらあとがきのページ埋まるかな?」と思っていたのですが、まだまだ余白があって今たまげているところです。まるで成長していない……。

せっかくなので、悪望能力の話をしましょう。

ここから先の文章には、ちょっとだけ本編の設定のネタバレが含まれます。

悪役《ヴィラン》が最も欲した願いを叶《かな》えるために顕現する異能力、すなわち悪望能力。ハルやエイスケを始めとして、自分の欲望に忠実な悪望能力を持った者たちが作中で登場する訳ですが……自分がケイオスポリスにいたら、どんな悪望能力に目覚めるのかを考えることがあります。

なかなか難しいですね。月曜日の朝に爽快《そうかい》に起きられる悪望能力が欲しいかもしれませんし、三時のおやつのクッキーが無限に出てくる悪望能力も良いかもしれない。いやいや、誤字脱字にすぐに気付く悪望能力も捨てがたい。

自分が一番望んでいるものは、自分では案外分からなかったりするものです。一番を決めるのは無理かもしれません。

……そう思っていました、先ほどまでは。今はただ、あとがきが埋まって欲しい。その気持ちで一杯です。初めてあとがきを書くまで、自分があとがきを書くのが苦手だと知りませんでした。

――つまり、台東クロウが欲しているのは『あとがき』の悪望能力です。

望めば望むだけ、あとがきの余白に素敵な文章が書き込まれる能力です。

悪望深度がAだとしたら、あとがきが埋まるだけではなく、さらに強力な能力になるかもしれません。

悪望能力によって生成されたユーモア溢《あふ》れるあとがきは読者を魅了し、依存させ、人々は台東クロウのあとがき無しでは生きられなくなる。台東クロウのあとがきは高値で取引され、やがて『あとがき』が世界を支配するようになる……！

そんな事態になった場合は、台東クロウは『あとがき』の悪役《ヴィラン》に堕《お》ちたと思って、悪役対策局《セイクリッド》に討伐の依頼をしてください。

凶悪にみえる悪役《ヴィラン》も、始まりはただ『あとがき』が埋まって欲しかっただけなのかもしれませんね。

貴方はどんな悪望能力が欲しいですか？

考えてみると楽しいかもしれません。

最後に謝辞を。

担当編集者のOさんを始めとするカドカワＢＯＯＫＳ編集部様、度重なる改稿にお付き合い頂き、本当にありがとうございました。

イラストを担当してくださったタケバヤシ先生、素晴らしく格好良いキャラクターたちに大感激しました。ありがとうございます。

また、この本を支えてくださった全《すべ》ての方、心よりお礼申し上げます。

そして何よりも読者の皆様、本作を最後まで読んでいただき本当にありがとうございました！

またお会いしましょう！

お便りはこちらまで

〒 102－8177
カドカワBOOKS編集部　気付
台東クロウ（様）宛
タケバヤシ（様）宛

カドカワBOOKS

ヴィランズの王冠《おうかん》
—あらゆる悪《あく》がひれ伏《ふ》す異能《いのう》—

2023年３月10日　初版発行

著者／台東《たいとう》クロウ

発行者／山下直久

発行／株式会社KADOKAWA

〒102-8177
東京都千代田区富士見2-13-3
電話／0570-002-301（ナビダイヤル）

編集／カドカワBOOKS編集部

印刷所／暁印刷

製本所／本間製本

●お問い合わせ
https://www.kadokawa.co.jp/（「お問い合わせ」へお進みください）
※内容によっては、お答えできない場合があります。
※サポートは日本国内のみとさせていただきます。
※Japanese text only

Printed in Japan
ISBN 978-4-04-074888-7 C0093

新文芸宣言

かつて「知」と「美」は特権階級の所有物でした。

15世紀、グーテンベルクが発明した活版印刷技術は、特権階級から「知」と「美」を解放し、ルネサンスや宗教改革を導きました。市民革命や産業革命も、大衆に「知」と「美」が広まらなければ起こりえませんでした。人間は、本を読むことにより、自由と平等を獲得していったのです。

21世紀、インターネット技術により、第二の「知」と「美」の解放が起こりました。一部の選ばれた才能を持つ者だけが文章や絵、映像を発表できる時代は終わり、誰もがネット上で自己表現を出来る時代がやってきました。

UGC（ユーザージェネレイテッドコンテンツ）の波は、今世界を席巻しています。UGCから生まれた小説は、一般大衆からの批評を取り込みながら内容を充実させて行きます。受け手と送り手の情報の交換によって、UGCは量的な評価を獲得し、爆発的にその数を増やしているのです。

こうしたUGCから生まれた小説群を、私たちは「新文芸」と名付けました。

新文芸は、インターネットによる新しい「知」と「美」の形です。

2015年10月10日

井上伸一郎

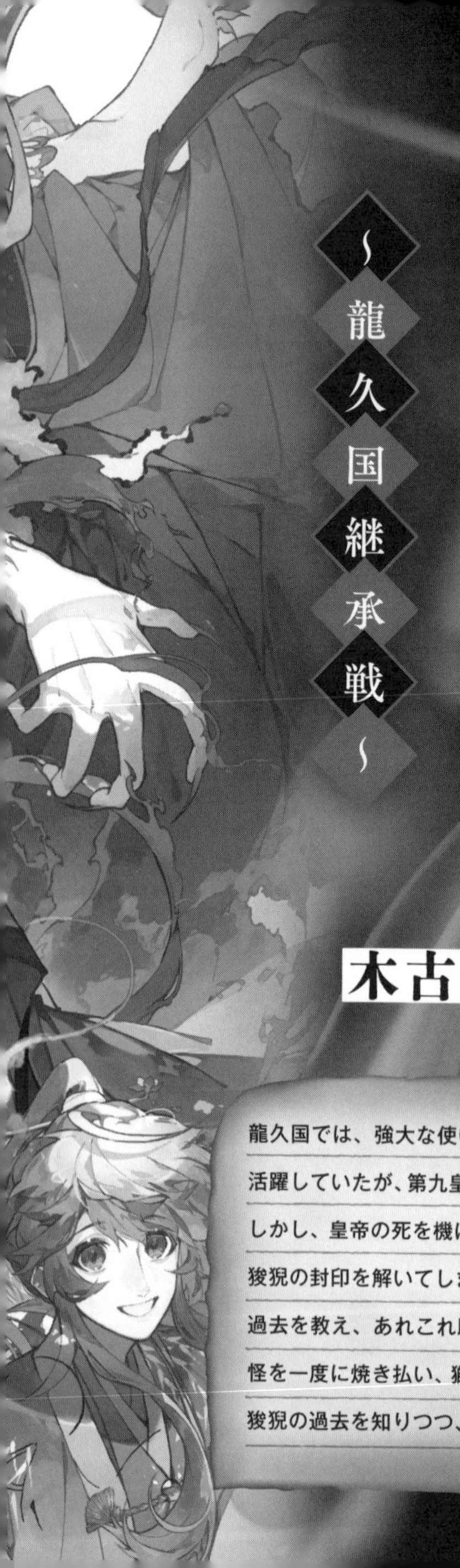

はぐれ皇子と破国の炎魔

～龍久国継承戦～

木古おうみ

ill. 鴉羽凛燈

カドカワBOOKS

龍久国では、強大な使い魔を従えた皇子達が政治から妖怪退治まで活躍していたが、第九皇子・紅運は、一人使い魔を持たぬあまりもの。しかし、皇帝の死を機に起きた宮廷の危機を救うため、最強の魔物・狻猊の封印を解いてしまう！　目覚めた大魔は、一見ガラは悪いが、過去を教え、あれこれ助言をくれたりして……？　大量の死霊や妖怪を一度に焼き払い、獅子の姿で空を駆ける力を手に入れた紅運は、狻猊の過去を知りつつ、相次ぐ凶事の発生に対処していく！

「戦うイケメン」中編コンテスト受賞作！
化物どもは王宮ごと
燃やし尽くすのが
一番だ！

歩くたび増えていく
新しい出会い、新しいスキル
この世界で、
のんびり旅はじめます。
講談社
マンガアプリ
「マガジンポケット」にて
コミカライズ
決定!!
漫画：小川慧

異世界ウォーキング
シリーズ好評発売中！
あるくひと
[illust.] ゆーにっと
カドカワBOOKS
異世界に召喚された日本人、ソラが得たスキルは「ウォーキング」。「どんなに歩いても疲れない」というしょぼい効果を見た国王は彼を勇者パーティーから追放した。だがソラが異世界を歩き始めると、突然レベルアップ！　ウォーキングには「1歩歩くごとに経験値1を取得」という隠し効果があったのだ。鑑定、錬金術、生活魔法……便利スキルも次々取得して、異世界ライフはどんどん快適に！拾った精霊も一緒に、のんびり旅はじまります。

商才、魔道具、前世知識……
チート全力で幸せな家庭
築きます！
「小説家になろう」
年間1位の超話題作。
(異世界〔恋愛〕部門での
ジャンル別年間ランキング)
「小説家になろう」は株式会社ヒナプロジェクトの登録商標です。
※2022年3月1日時点